충실한 마음

충실한 마음

Les loyautés

델핀 드 비강

Delphine de Vigan

레모

　　　　　　　언제부터인지 저는 절박하면서도 결정적인
상황에서 충실함을 고민해야 하는 여러 인물이 서로 얽혀 있
는 아주 짧지만, 팽팽한 긴장감이 흐르는 소설을 생각해왔습
니다.

　'나는 충실한 사람일까?' '내가 이렇게 혹은 저렇게 한 말
이 충실하다 할 수 있을까?' '내가 이렇게 혹은 저렇게 한 행동
이 충실하다 할 수 있을까?' 이렇게 저 자신에게 묻곤 했던 질
문들에 답을 하며 소설을 구상했습니다. 제게는 아주 중요한
문제들이었습니다.

　저는 개인이나 가족 혹은 사회와 연결된 다양한 형태의 충
실함을 다뤄보고 싶었습니다.

이러한 생각을 바탕으로 우리가 사는 오늘날의 모습을 그리며 이 책을 썼습니다. 각각의 인물은 의식적으로든, 그렇지 않든, 스스로에게 충실함을 묻습니다. 가족, 집단, 자신이 속한 사회계층, 배우자, 어린 시절, 혹은 조금 더 젊었을 때 했던 다짐 같은 것에 대해 충실한지를 묻는 거지요. 충실함은 우리를 만들고, 우리를 구성하며, 우리가 지키려 노력하는 가치가 됩니다. 그러나 때로는 충실함은 우리를 가두고, 우리를 가로막기도 합니다.

제게 『충실한 마음』은 어둠 속에 내미는 손에 관한 이야기입니다. 오해하고, 길을 잘못 들고, 실수를 저질러 꼼짝달싹도 못 하게 되었지만, 마침내 진실을 맞이하는 한 여자의 이야기입니다. 자기 자신에 대한 충실함으로, 자신에게 했던 다짐을 배반하지 않음으로, 엘렌은 직감을 끝까지 밀어붙입니다. 그리고 그것이 마침내 구원의 약속이 됩니다.

『충실한 마음』은 또한 어른이 되어버린 우리에게 하는 질문입니다.

우리는 어린 시절의 나를 보호하고 있을까요? 우리는 어린 시절 상처들을 치료할 수 있을까요? 어린 시절의 나에게 정의를 되돌려 줄 수 있을까요? 혹시 우리가 어린 시절 꿈들을 짓밟지는 않았을까요? 우리도 어쩌지 못하는 사라지지 않는 흔적은 무엇일까요? 우리는 그 흔적을 길들일 수 있을까요?

분명하게 대답을 찾을 수 없을지도 모를, 그러나 언제나 작가로서 제 일의 근간이 되어주는 질문들입니다.

차 례

충실한 마음.

다른 이들 — 살아 있든 죽었든 — 에게 우리를 묶어두는
보이지 않는 끈. 속삭였으나 그 반응은 알 수 없는 약속, 무언
의 충성, 대부분 자기 자신과 맺은 과거의 다짐, 들은 적 없지
만 따라야 하는 명령, 기억의 주름 속에 숨겨둔 빚.

몸속 어딘가 잠들어 있는 어린 시절의 법칙, 우리를 바로 서
게 하는 가치, 저항하게 하는 근거, 우리를 갉아먹고 가두는,
해독할 수 없는 원칙. 우리의 날개이자 굴레.

우리의 힘이 펼쳐지는 발판, 그리고 꿈을 묻어둔 참호.

엘
렌

그 아이가 학대받는다고 생각했다. 아주 금방 그런 생각이 들었다. 새 학년이 시작되자마자는 아니었겠지만, 그렇다고 한참 지난 시점도 아니었다. 시선을 피하며 행동하는 아이만의 방식에 무언가가 깃들어 있었다. 내가 아는, 속속들이 아는 방식이었다. 배경에 녹아들고, 빛이 그대로 통과할 정도로 없는 듯 있는 그만의 방식. 그러나 나한테만은 통하지 않는 방식. 어린 시절 두들겨 맞았을 때, 나는 끝까지 그 흔적을 감추었다. 그러니 나를 속일 수는 없다. 나는 그를 그저 아이라고 칭한다. 그 또래 남자아이들은 여자애들처럼 가느다란 머리칼과 엄지 동자 같은 목소리를 가진 데다 늘 우물쭈물 행동하기 때문에 제대로 살펴봐야만 한다. 두 눈을 동그

랗게 뜨고 놀라거나, 등 뒤로 두 손을 맞잡은 채 입술을 벌벌
떨며 꾸지람을 듣고 있는 그들을 잘 살펴봐야만 한다. 표정만
보고 그대로 믿어버리기 십상이니까. 어찌 됐든, 그 나이부터
진짜 바보 짓거리를 시작한다는 사실에는 의심의 여지가 없다.

새 학년이 시작되고 몇 주가 지난 뒤 교장에게 테오 뤼뱅과
관련해 상담을 요청했다. 여러 번 설명을 반복해야 했다. 아니
요, 어떤 기미를 본 건 아니고요, 속내를 얘기한 것도 아니에
요, 학생의 태도에 뭔가 있어요, 자신을 가둔다고나 할까요, 특
별한 방식으로 관심을 회피해요. 느무르 교장은 웃기 시작했
다. 관심을 회피한다고요? 그건 반 학생 절반이 그렇지 않나
요? 그렇다, 교장이 무슨 말을 하는지는 당연히 안다. 혹시 질
문이라도 떨어질까 봐 학생들은 늘 의자에 몸을 웅크리고 앉
거나, 가방에 얼굴을 박고 뭘 찾거나, 혹은 자기 책상만 뚫어져
라 바라보곤 한다. 이렇게 몸을 동그랗게 웅크리는 일이 아이
들에게는 마치 생사의 문제처럼 보인다. 그런 아이들은 찾아내
려 하지 않아도 눈에 띈다. 하지만 이건 완전히 다른 이야기였
다. 그 학생과 그의 가족에 대해 학교가 가지고 있는 정보들을
달라 했다. 서류를 확인하면 주의 사항이라든가 과거에 기록
된 특이 사항 같은 몇 가지 정보를 당연히 찾을 수 있을 터였
다. 교장은 학생부에 기록된 메모를 주의 깊게 다시 살폈다. 실

제로 작년에 여러 선생이 아이가 말이 없음을 지적했지만, 그 이상은 없었다. 교장은 큰 소리로 메모를 읽었다. '아주 내향적인 학생' '수업에 참여해야 함' '학업성적은 좋지만 너무 조용함' 기타 등등. 이혼한 부모가 번갈아가며 아이를 돌봤으니 그리 이상할 것도 없었다. 교장은 테오에게 학급의 친한 친구가 있는지 물었고, 나는 없다고 대답할 수 없었다. 그 둘은 언제나 함께 붙어 다녔다. 우연히도 똑같이 순진한 얼굴에, 똑같은 머리 색, 혈색까지 똑같이 밝아 쌍둥이라 여겨질 정도다. 그들이 교정에 있으면 나는 창문으로 그들을 관찰한다. 그들은 길들여지지 않은 하나의 몸을 이룬다. 말하자면, 누군가 다가서면 단숨에 오그라들었다가 위험이 사라지면 곧바로 몸을 쭉 늘리는 해파리 같은. 가끔 테오의 얼굴에 미소가 스치는 순간이 있다. 마티스 기욤과 함께 있고, 어떤 어른도 그들의 안전지대를 침범하지 않을 때, 그제야 미소가 비친다.

교장의 주의를 끈 것이 딱 하나 있었다. 지난 학년 말 보건교사가 작성한 보고서. 서류에 정식으로 기록된 것은 아니지만, 프레데리크는 필요하다면 보건교사를 만나보라고 제안했다. 5월 말, 테오는 조퇴를 요청했다. 머리가 아프다고 했다. 보건교사는 사람을 피하려는 태도와 꽤 막연한 증세를 언급했다. 테오의 눈이 충혈되어 있다는 메모도 있었다. 테오의 설명에 따르면 잠들기까지 시간이 너무 오래 걸려서 그렇다고, 때로는 잠을 못 이뤄 거의 밤을 새우는 일도 있다고 했다. 서류 아래쪽에 보건교사는 붉은 펜으로 '예민한 학생'이라 적고, 줄을 세 번 그어 강조했다. 그런 뒤엔 아마도 서류를 덮고 벽장에 넣어 정리했을 것이다. 그녀가 이미 학교를 그만둔 뒤라 물어볼 수 없었다.

이 서류가 아니었다면, 테오를 불러다 봐주겠다는 새 보건교사의 약속도 결코 받아내지 못했을 것이다.

프레데리크에게 그 얘기를 하니 걱정하는 눈치였다. 이 일에 지나치게 마음에 두어서는 안 된다고 그는 말했다. 내가 피곤해 보인다고, 언제부터인지 날이 서 있다는 것이다. 그가 말한 그 단어를 듣자, 누구나 찾을 수 있게끔 아버지가 부엌 서랍 속에 두었던 칼이 곧바로 떠올랐다. 안전을 담보로, 또 마음의 안정을 위해 손에 쥔 채 기계적인 동작으로 접고 펴기를 반복하던 접이식 칼.

테
오

그는 밀려드는 열기를 표현할 수 없다. 고통을 불태우는 동시에 위안이 되어줄 불을 지피는 열기가 손가락 다섯 개를 헤아릴 정도의 시간 동안 이어진다. 아마 그가 모르는 명칭이 있을 터이다. 그 힘과 강도를 표현해줄 만한, 연소나 파열 혹은 폭발과 어울릴 화학적이며 심리적인 명칭이. 그는 열두 살 반이다. "무슨 일을 하고 싶니?" "넌 무엇에 열정을 느끼니?" "무엇을 하며 살고 싶니?" 어른들의 질문에 솔직하게 대답해야 할 때, 자신의 주변에 남아 있을지 모를 마지막 지지물이 당장에 무너져 내리지 않을까 하는 두려움만 아니라면 그는 주저 없이 이야기할 것이다. 제 몸속에서 알코올을 느끼는 게 좋아요. 목으로 액체를 받아들이는 첫 순간, 이어 입속에서 배 속으로 열기가 내려가는 아주 짧은 경로까지, 그는 손가락으로 액체의 흐름을 따라갈 수 있다. 부드럽게 목덜미를 스치며 마취할 때처럼 사지로 퍼져나가는 축축한 물결을 그는 좋아한다.

그는 병째 술을 마시고, 여러 번 기침한다. 앞에 앉아 있는 마티스가 그를 바라보며 웃는다. 테오는 어렸을 때 엄마가 읽어주곤 했던 그림책에서 본 용을 떠올린다. 거대한 몸집에 주머니칼처럼 찢어진 눈, 사나운 개들보다 더 뾰족한 이빨을 드러내며 입을 벌리고 있었다. 손가락에 갈퀴가 달린, 모든 것을 태워버릴 수 있는 그 거대한 짐승이 되고 싶다. 그는 깊게 숨을 내쉬고, 술병을 한 번 더 입가로 가져간다. 술에 몸을 맡길 때, 술이 움직이는 경로를 그려보고 싶을 때면, 데스트레 선생이 수업 시간에 나누어준 도식 하나를 떠올린다. 학생들은 그 도식에 나온 각각의 명칭을 대야 한다. 사과의 이동 경로를 그리고 소화에 관여하는 기관을 표시하시오. 그는 그 이미지를 떠올리며 미소 짓고, 그 이미지를 다르게 사용하며 즐거워한다. 보드카의 이동 경로를 그리시오. 이동 경로를 색칠하고, 첫 세 모금이 혈관에 도달하기까지 걸리는 시간을 계산하시오……. 그가 혼자서 웃자, 웃고 있는 그를 보며 마티스도 웃는다.

몇 분 후 그의 머릿속에서 갑자기 무언가가 폭발한다. 세찬 발길질에 문이 열리고, 공기와 먼지가 강렬하게 빨려들어가는 것만 같다. 그리고 이제 그의 머릿속에서는 미국 서부 술집의 이미지가 펼쳐진다. 술집 문이 커다란 소리를 내며 흔들린다. 아주 잠깐 가죽 장화를 신은 카우보이가 된 그는 어둠 속에서 술집으로 걸어간다. 장화에 달린 박차가 무딘 소리를 내며 바닥을 긁는다. 카운터에 팔꿈치를 대고 위스키를 주문하자 두려움과 기억이 전부 사라지는 듯한 기분이다. 내내 그의 가슴을 조이던 야행성 맹금류의 발톱이 마침내 힘을 푼다. 그는 눈을 감는다. 전부 씻겨 나갔다. 그래, 그러니 전부 새로 시작할 수 있어.

마티스가 병을 손에 쥐고 입가로 가져간다. 둘이 번갈아가며 마신다. 보드카가 흘러넘쳐 턱 위로 투명한 줄기가 흐른다. 테오가 선언하듯 말한다. 도로 뱉으면 안 마신 거야. 그래서 마티스는 단숨에 삼킨다. 눈가에 눈물이 맺히고, 기침이 나오고, 손이 입가로 올라간다. 순간 테오는 마티스가 토하는 건 아닌가 생각하지만, 곧 마티스는 참지 못하고 큰 소리로 웃음을 터뜨린다. 테오는 재빨리 손을 들어 마티스의 입을 틀어막아 친구를 조용히 시킨다. 마티스가 웃음을 멈춘다.

그들은 숨을 고르며 꼼짝도 않은 채 주변의 소리를 살핀다. 멀리서 누구인지 불분명한 선생님의 목소리가 들린다. 단어 하나도 또렷하게 들리지 않는 힘없는 독백이다.

그들은 은신처이자 피신처에 있다. 이곳이 그들의 아지트다. 식당으로 가는 계단 밑, 그들 둘이 대충 설 수 있을 정도의 1제곱미터쯤 되는 빈 공간을 찾아냈다. 통행을 막기 위한 커다란 캐비닛이 놓여 있지만, 조금만 유연성을 발휘하면 그 뒤로 미끄러져 들어갈 수 있다. 중요한 건 타이밍이다. 학생들이 전부 교실로 들어갈 때까지는 화장실에 숨어 있어야 한다. 그러고서 몇 분 더 기다리면, 학생들이 복도를 돌아다니지 않는지 매시간 확인하는 감독관이 멀어진다.

캐비닛 뒤로 숨어들 때마다 그들은 몇 센티미터밖에 여유가 없음을 확인한다. 몇 달 뒤면 더는 그리로 숨어들 수 없을 것이다.

마티스가 술병을 내민다.

마지막 모금을 마신 뒤 테오는 혀로 입술을 핥는다. 그는 입술에 오랫동안 남아 있는, 어떤 때는 몇 시간이나 남아 있는 그 맛, 금속 향이 풍기는 짠맛을 좋아한다.

검지와 엄지를 이용하면 마신 양을 확인할 수 있다. 그들은 몇 차례 측정을 반복하는데, 둘 중 누구도 움직이지 않고 측정하는 데 성공하지 못한다. 그들은 웃음을 터뜨린다.

지난번보다 훨씬 더 많이 마셨다.

그리고 다음번에는 더 많이 마실 거다.

이것이 두 사람의 규칙이고 비밀이다.

마티스가 술병을 다시 들어 종이로 감싼 뒤 배낭에 밀어 넣는다.

그들은 박하 향 에어웨이브 껌 두 개를 입에 넣는다. 열심히 씹고 입안에서 이리저리 움직여 향을 풍긴다. 술 냄새를 지우는 유일한 방법이다. 그들은 밖으로 나가기에 적당한 순간을 기다린다.

자리에서 일어서자마자 감각이 달라진다. 테오의 머리가 앞뒤로 흔들린다. 눈에 띄는 정도는 아니다.

그는 축축한 느낌의 기하학무늬가 그려진 매트 위를 발끝으로 걷는다. 자기 몸 밖으로 빠져나가 있는 느낌이다. 육체를 떠났지만 옆에서 계속 손을 잡고 있는 기분.

그를 보호하는 보이지 않는 솜 같은 것이 소리를 둔탁하게 만들어 학교의 소음이 그에게 겨우 전달된다.

언제든 그는 완벽하게 의식을 잃어버리길 원한다.

몇 시간 동안, 혹은 영원히, 취기의 두터운 막에 처박혀 뒤덮이고 파묻히길 바란다. 그는 그런 일이 일어날 수 있음을 안다.

엘
렌

나도 모르게 그 아이를 관찰한다. 끊임없이 그에게 관심을 기울이고 있음을 깨닫는다. 내가 말을 하고 아이들이 들을 때마다, 혹은 월요일 아침 쪽지 시험을 치를 때마다, 의식적으로 다른 학생들을 한 명씩 바라봐야 한다. 바로 그런 월요일, 평소보다 훨씬 더 창백한 낯빛으로 교실로 들어서는 그 아이를 보았다. 주말 동안 눈을 좀 붙인 아이의 모습이 아니었다. 잠바를 벗고, 의자를 끌고, 책상 위에 이스트팩 가방을 올려놓고, 가방 지퍼를 열고, 노트를 꺼내는 행동. 다른 애들과 똑같았다. 평소보다 더 느리거나 더 예민해 보인다고 말할 수조차 없었다. 하지만 아이는 몹시 지쳐 있었다. 학년 초부터 이미 한두 번쯤 그런 모습을 보았기에, 수업 초반에 잠들겠구나 하는 생각이 들었다.

잠시 후 교무실에서 테오 이야기를 꺼냈을 때, 프레데리크는 자기가 보기엔 비단 테오만 그런 게 아니라고 지적했다. 비꼬는 말투는 아니었다. 애들이 모니터 앞에서 보내는 시간을 생각해봐. 아이들이 피곤해 보인다고 걱정하기 시작하면 매일 보고서만 쓰다 인생 끝날걸. 그러니까, 다크서클이 그리 대수로울 건 없다는 말이지.

비이성적이라는 건 나도 안다.

아무것도 없다. 전혀. 어떤 사실도, 어떤 증거도.

프레데리크는 걱정하는 나를 진정시키려 한다. 내 조급함도. 보건교사는 테오를 불러 얘기해보겠다고 했다. 아마 그는 그렇게 할 거다.

어느 저녁엔가는 며칠째 무슨 일이 곧 터질 것처럼 나를 압박하는 감정을 설명하고자 애써보았다. 그 충격을 상상할 수도 없는 기괴한 것을 향해 조용히 이끌려가는데 타이머는 멋대로 움직이고, 소리조차 들리지 않고, 귀중한 시간만 흘러가는 듯한 느낌.

내가 피곤해 보인다고, 프레데리크는 여러 번 말했다.

그는 말했다. 휴식을 취해야 할 사람은 당신이야.

오늘 아침 소화 기능에 대한 수업을 이어갔다. 갑자기 테오가 허리를 곧추세우고 평소보다 훨씬 집중해서 수업을 들었다. 액체가 흡수되는 과정을 칠판에 그릴 때는 평상시와 다른 인내를 보이며 노트에 따라 그리기도 했다.

수업이 끝나고 아이가 교실을 나가려 내 앞을 지나치는 순간, 그를 붙잡지 않을 수 없었다. 내가 무슨 생각을 한 건지, 무작정 손을 아이의 어깨에 올리고 말했다. 테오, 잠깐 좀 남을래? 이내 불만에 찬 웅성임이 학생들 사이에 퍼졌다. 명백한 이유도 없이 무슨 권리로 학생을 잡았을까? 수업 중 이런 내 태도를 정당화할 만한 일은 전혀 없었는데. 학생들이 다 빠져나가길 기다렸다. 테오는 고개를 숙이고 있었다. 무슨 말을 해야 할지 몰랐지만, 뒤로 물러설 수는 없었다. 변명이든, 질문이든, 무엇이든 찾아내야 했다. 대체 무슨 생각이었을까? 마침내 마지막 학생(당연히 마티스 기욤이다)이 문을 닫고 나갈 때까지도, 난 아무것도 찾아낼 수 없었다. 몇 초간 침묵이 이어지는 동안 테오는 자신의 나이키 신발만 바라봤다. 그러다 고개를 들었는데, 그가 시선을 피하지 않고 진짜로 나를 바라본 건 그때가 처음이었다. 아이는 한마디 말도 없이 뚫어져라 나를 바라봤다. 그 또래 사내아이한테서 그렇게 강렬한 시선은 본 적이 없었다. 아이는 놀란 것 같지도, 초초한 것 같지도 않았다.

마치 이런 일이 일어난 게 당연하다는 듯, 이 모든 것이 어딘가에 미리 쓰여 있는 기정사실이기라도 하듯, 무감하게 나를 관찰했다. 우리가 있는 곳이 막다른 길이 명백하다는 시선, 한발더 나아가는 것이, 무엇을 시도하는 것이 불가능하다는 듯한 눈빛이었다. 아이는 자신을 붙잡아둔 나의 충동을 이해하고 내가 더 이상 나아갈 수 없음을 잘 안다는 듯이 나를 바라봤다. 그는 내가 느끼는 것을 정확하게 알고 있었다.

내가 아는 것을 그는 알았고, 내가 그를 위해 무엇도 할 수 없다는 사실도 알았다.

그런 생각이 들자, 단숨에 목이 조여왔다.

시간이 얼마나 흘렀을까. 머릿속에서 부모, 집, 피로, 슬픔, 괜찮니 하는 말들이 뒤엉켰다. 그러나 그 단어 중 무엇도 그를 향해 꺼낼 수 있는 질문의 형태에 이르지 못했다.

결국 나는 미소를 지을 수밖에 없었다. 이어 내 목소리 같지 않은, 나도 알지 못하는 불분명한 음성으로 그에게 묻는 소리가 들려왔다.

"이번 주에는 아빠 집에 있니, 아니면 엄마 집에 있니?"

그는 머뭇대다가 대답했다.

"아빠 집요. 오늘 저녁까지는요."

아이는 배낭을 집어 어깨에 멨다. 가보겠다는 뜻이다. 한참

전에 허락해야 했던 일이다. 그는 문을 향해 다가갔다.

교실을 나가기 직전, 아이가 나를 향해 돌아보더니 말했다.

"제 부모님과 말씀 나누고 싶으시다면, 엄마가 오실 거예요."

테
오

수업이 끝난 후 그는 10분쯤 학교 앞에서 서성였다. 그러고 나서 짐을 챙기기 위해 아빠 집에 다시 들렀다. 커튼이 내려가 있었지만 부엌 불을 켜면 방까지 갈 만했다. 거실을 가로지르는데 이상한 소리가 들렸다. 둔탁한 지글지글 소리가 간헐적으로 이어지는 것이, 꼭 벌레 하나가 어딘가에 갇힌 것 같았다. 어둠 속에서 소리의 발원을 찾아보고서야 아침부터 라디오가 켜져 있었다는 걸 깨달았다. 말소리를 알아들을 수 없을 정도로 소리가 낮춰져 있었다.

금요일마다 반복되는 똑같은 의식. 옷들, 운동화들, 모든 책과 파일, 노트, 탁구채, 자, 투사지, 수성 펜, 도화지까지 전부 그러모았다. 무엇도 빠뜨려서는 안 된다. 금요일마다 노새처

럼 무거운 짐을 잔뜩 짊어진 채 그는 한 장소에서 다른 장소로
이주한다.

지하철에서, 사람들이 그를 바라본다. 작은 체구에 가방 여
러 개를 메고 비틀거리는 아이가 넘어지거나 주저앉지 않을까
걱정스러운 모양이다. 그는 몸을 구부리고 있지만 힘이 빠지
지는 않는다. 앉을 마음도 없다.

엘리베이터. 다른 진영으로 들어서기에 앞서 그는 짐을 내
려놓고 한숨 돌릴 시간을 낸다.

매주 금요일 거의 비슷한 시간에 그는 이런 일을 해야만 한
다. 가교도 안내자도 없이 이쪽 세계에서 다른 세계로 이동한
다. 서로 교차하는 지대 하나 없는 완전한 두 세계 사이를 오
간다.

지하철 여덟 정거장이면 된다. 그러면 다른 문화, 다른 관
습, 다른 언어가 있다. 새로운 환경에 적응할 시간은 고작 몇
분밖에 없다.

그가 문을 연 시각은 저녁 6시 30분. 엄마는 이미 집에 와
있다.

엄마는 부엌에 앉아 채소를 가늘게 썰고 있다. 잘린 모양이
궁금증을 자아낸다. 그걸 뭐라 부르는지 묻고 싶지만 그럴 상

황이 아니다.

엄마는 아들을 바라본다. 아래위로 훑어보며 레이저 같은 눈으로 조용히 점검하는데, 그녀로서도 어쩔 수 없는 행동이다. 냄새를 맡아본다. 일주일 동안 아이를 보지 못했건만 안아주지도 않는다. 불안을 느끼는 만큼 다른 이의 흔적, 적의 자취를 찾는다.

아들과 마주하는 것이 그녀는 견디기 힘들다. 테오는 아주 빠르게 그 사실을 알아챘다. 아빠 집에서 돌아올 때마다 엄마가 공공연히 드러내는 경계의 분위기와 힘겹게 감추는 거부의 몸짓을 알아챘다.

게다가 아들에게 인사를 건네기도 전에 엄마는 말한다. "가서 샤워부터 해."

아빠 집에서 보낸 며칠은 얘깃거리도 안 될 것이다. 그 며칠은 완벽한 어둠 속에 새겨진 시간과 공간의 균열이며, 그 존재조차 부인될 것이다. 엄마는 아무것도 묻지 않을 것이다. 아이도 안다. 한 주를 잘 보냈는지, 컨디션은 괜찮은지 묻는 일은 없다. 잘 먹었는지, 혹은 잘 잤는지, 무엇을 하고 무엇을 보았는지도. 엄마는 두 사람이 일주일 전에 남겨두었던 흐름을 다시 이어갈 것이다. 그야말로 아무 일도 일어나지 않았다는 듯이, 아무 일도 일어날 수 없다는 듯이. 달력에 줄을 그어버린 일주일의 삶. 쿠오 바디스 상표가 붙은 다이어리가 없었다면 — 매일 그는 페이지 한쪽 구석의 구멍 뚫린 부분을 조심스럽게 떼어낸다 — 그 자신조차 정말 일주일을 살았는지 의심할 지경이다.

이제 가져온 옷들을 하나도 빠뜨리지 않고 비닐봉투에 넣은 다음 꽁꽁 묶어 빨래 바구니 한쪽에 따로 두어야 한다. 엄마가 그의 옷들이 다른 옷들에 닿는 것을 싫어하기 때문이다. 미지근한 물로 샤워하면 엄마가 참지 못하는 냄새를 지워버릴 수 있다.

그가 돌아오고 몇 시간 동안, 엄마는 스스로 의식조차 못 하지만 그로서는 너무나 익숙한 그 불쾌한 시선으로 조사하듯 그를 관찰할 것이다. 고작 열세 살도 안 된 아들에게서 이제는 이름조차 입에 담지 않는 한 남자의 태도와 말투와 자세를 끊임없이 찾아내는 것이다. 진짜든 짐작이든, 비슷한 점 하나만 나와도 엄마를 흥분시키고 즉각적인 반발의 대상이 되기에 충분하다. 지체하지 않고 박멸해야만 하는 질병. 네가 어떻게 있는지 좀 봐라, 손 그렇게 두지 마, 의자에 엉덩이 바짝 붙이고 앉아, 몸 흔들지 말고, 가슴 쭉 펴고. 누가 봐도 그놈이라 하겠어.

네 방으로 가.

그의 아빠 얘기를 할 때면, 그러니까 사정상 자기 남편이었던 남자에 대해 암시를 할 수밖에 없을 때, 그리고 전남편 집에서 테오가 일주일을 보내고 왔을 때, 전남편을 언급하는 것을 피할 수 없을 때, 엄마는 결코 그 이름을 입에 담지 않는다.

'그놈' '멍청이' '찌질이'. 그게 엄마가 아빠를 부르는 말이다.

친구들과 전화로 얘기할 때는 '바보' 아니면 '머저리'라고 한다.

작고 연약한 몸으로 테오는 그 많은 말들을 견뎌내지만, 엄마는 그 사실을 알지 못한다. 말들은 그를 갉아먹는다. 참기 힘든 초음파, 그에게만 들리는 하울링, 그의 뇌를 찢는, 들리지 않지만 반복되는 진동이다.

돌아온 밤, 그는 멀리서 울려오는 날카로운 소리에 잠이 깼다. 찢어질 듯한 소리, 지직거리는 잡음이 그의 내부에서 들린다. 두 손을 평평하게 펴서 귀에 가져다 대자 처음에는 소리가 증폭되더니 이내 누그러든다. 이명이라는 것이다. 건강 관련 사이트에서 그 내용을 읽었다. 소리는 한밤중에 점점 더 자주, 난데없이 들려온다. 처음에는 소리가 밖에서 난다고 생각했다. 자리에서 일어나 주방으로 가서 기구들에 귀 기울이고, 욕실 파이프 소리도 들어봤다. 현관문까지 열어봤다. 그리고 나서야 알 수 있었다.

소리는 그의 머릿속에서 난다. 마침내 소리가 멈추었을 때, 잠은 저 멀리 달아나 있다.

그에게 부모가 함께 있는 기억은 단 하나뿐이다.

그의 엄마는 부드러운 겨자색 천을 씌운 딱딱한 소파에 앉아 있다(사실, 그가 정말로 그 소파를 기억하는 건지는 불분명하다. 사진을 보고 이미지를 그대로 재현한 것일 수도 있다. 학기 초에 데스트레 선생님이 기억과 관련해 설명해주었다. 우리는 기억을 갖고 있기도 하지만 변형시키거나 가공하기도 하고, 또 제 것처럼 만들어버리기도 한다고). 엄마는 딱딱하게, 긴장해서 앉아 있다. 등받이에 기대지도 않았다. 아빠는 엄마 앞에서 서성대고 있는데, 말은 하지 않는다. 마치 우리 안을 어슬렁거리는 짐승 같다. 테오는 바닥에 앉아 있다. 아니, 어쩌면 자신을 건드리지도 않는 엄마 옆에 있을지도. 부모를 보려면 고개를 쳐들어야 한다. 고작 네 살하고 몇 개월이 지난 아이인 그는 아직 발발하지 않은, 조만간 터질 전쟁의 세심한 관객이다.

그다음에는 그의 엄마가 던진 말들이 있다. 곧바로 그에게 와 부딪친 말들, 그의 숨을 멎게 한, 그의 하드디스크에 저장된 말들, 그 의미를 알지 못하나 그 힘을 인정하지 않을 수 없는 어른의 말들. 엄마는 바닥을 내려다보지만, 엄마의 입에서 나오는 말은 아빠에게 하는 말이다.

"당신 진절머리가 나."

부모는 그의 존재를 잊었다. 그게 아니라면 그가 너무 어려 이해하지도, 기억하지도 못하리라 생각한다. 그러나 이해할 수 없는, 견고하고 어딘지 모르게 역겨운 무엇인가를 담고 있다는 바로 그 이유로 그는 그 말들을 기억할 것이다.

엄마도 아빠도, 그 어린 아들이 이 순간을 그들 셋이 함께 있는 유일한 기억으로 간직하게 되리라고 상상조차 하지 않는다. 하지만 바로 이것이 유일한 기억이 된다.

테오는 깨끗한 옷을 입고 화장실에서 나온다. 부모 중 어느 쪽 집에서 이번 주를 보내는지 알고 싶어 했던 데스트레 선생을 생각한다. 선생은 그를 묘한 눈으로 바라봤다. 밖으로 나와 마티스를 만났을 때, 그는 친구에게 이렇게 말했다. 저 여자 미친 것 같아. 그런데 지금 다시 생각해보니 수치심이 얼굴을 달구고 목구멍까지 내려온다. 그는 자신이 한 말을 후회한다.

엄마는 여전히 부엌에 있다. 저녁 준비를 마무리하며 멍하니 라디오방송을 듣는다. 테오는 유튜브를 봐도 되는지 묻는다.

안 돼.

그가 할 수 있는 건 숙제뿐이다. 틀림없이 밀린 숙제가 있을 테니까.

몇 시간 동안, 어쩌면 내일까지, 엄마는 적지에 발을 들이고 자신의 규칙과 통제에서 벗어나 신나게 놀았을 그에게 대가를 치르게 할 것이다.

그가 그 기회를 제대로 이용했으리라고, 한 주 내내 아무것도 하지 않았으리라고, 과자와 코카콜라를 마음껏 먹으며 이런저런 모니터들만 쳐다봐서 바보가 되었으리라고 믿어 의심치 않기에.

엄마는 그렇게 상상한다.

엄마가 어떤 걸 상상하는지는 조금도 중요하지 않다.

어쨌든 그가 반박하는 일은 없으니까.

엘

렌

이번 주에 보건교사가 테오를 만났다.

테오를 만난 다음 날, 보건교사가 커피 한잔 하자고 제안해왔다. 그가 점심시간에 교무실로 왔다. 테오와 나눈 대화 내용을 세세하게 들려주었다. 그는 내가 몸이 불편한 사람인 양 나를 조심성 있게 대했고, 말할 때는 신중하라는 경고라도 받은 사람처럼 말했다.

보건교사는 그가 피곤해 보여 선생님들이 걱정하고 있다는 말로 테오와의 대화를 시작했다. 수업 시간에 한두 번쯤 졸기도 하고, 주의를 기울이는 데 어려움이 있다고 들었다고. 무슨일이 있는지, 그가 어떤 상태인지 알고 싶다고.

아이는 자기 얘기를 한 선생이 나인지 물었다.

보건교사는 그 누구도 그를 비난하지 않았다고 답했고, 여러 선생님이 그가 너무 피곤해 보여 걱정스럽게 생각한다고, 별문제 없는지 확인하고 싶어 한다고 말을 전했다. 다른 이유는 아무것도 없다고 했다.

그는 약간 긴장을 풀었다.

그는 잠을 자는 게 너무 힘들다고, 아니 오히려 밤이 되면 잠이 깬다고 털어놓았다. 태블릿이나 게임기로 게임을 하는 건 아니라고, 해도 아주 조금 한다고 아이는 몇 번이나 되풀이해서 말했다. 보건교사는 그의 가족에 관해 질문해보려 했지만 허사였다. 아이의 엄마는 약품 회사 연구소 간부이며 아빠는 IT 업종에서 일한다. 여러 해 전 부부가 헤어지고 난 뒤로 돌아가면서 아이를 돌보는 일상이 자리 잡았다. 보건교사는 아이에게 부모와 어떻게 지내는지 물었다. 아이는 시큰둥했지만 망설임 없이 대답했다. 잘 지내요.

보건교사는 본인이 느끼기에 아이가 불안해 보이고, 다소 경계하는 분위기라고 이야기한다. 하지만 학급에서 유일하게 면담한 학생이라는 점을 고려하면 그리 대수로운 상황은 아니라고. 보건교사는 수면 부족이 때로는 성장과 발육을 지체하는 요인이 될 수 있다는 구실로 아이에게 진찰해도 괜찮을지 물었고, 테오는 반대하지 않았다.

그의 몸에는 어떤 흔적도 없다. 피부는 매끄럽고, 손대지 않은 있는 그대로의 상태다. 심지어 작은 찰과상이나 상처 하나 없다. 체중과 신장은 또래 평균에 약간 못 미치지만, 문제가 될 만한 정도는 전혀 아니다.

보건교사는 테오의 엄마에게 주의를 부탁하는 편지를 써서 테오에게 맡겼다.

수업 중에 조는 문제와 불면증 해결을 위해 의사의 진찰이 필요하다는 내용이다.

그리고 테오에게는 언제든 자신을 만나러 와도 좋다고, 혹시 쉬는 시간에 피곤한 것 같으면 잠깐 와서 쉬어도 괜찮다고 말했다.

보건교사는 맡은 일을 했고, 나는 거기 토를 달 수 없다. 그는 학교의 규칙을 따랐다. 주의를 기울이겠다고 약속했다. 보건교사는 살균된 자신만의 공간, 반짝이는 타일이 깔린 곳, 안전지대이자 피난처로 다시 떠났다. 나는 교무실에 남았고, 자리에서 일어나질 못했다. 문에 등을 기댄 채 한 뭉치의 시험지와 차가워져 마실 수 없는 커피가 조금 남은 플라스틱 일회용 잔을 앞에 두고 앉아 있었다. 나는 혼잣말을 했다. 일어나서 집으로 가. 수업 끝났어. 그러자 밀려오는 파도가, 역류하는 짜고 역겨운 수돗물 맛이 느껴졌다. 기억이라는 검은 파도가 표면으로 올라오기 시작했다. 처음엔 소리가 들린다. 망가진 냉장고, 천식 환자 같은 웅웅 소리, 배경음처럼 들리는 텔레비전 소리, 웃음소리, 격려와 박수 소리. 그러자 이제 이미지들이 보인다. 니코틴으로 노랗게 물든 커튼, 건들거리는 의자들, 흠집이 생긴 잡동사니들.

그 방에 그대로 있는 것이 하나도 없는 듯싶지만, 텔레비전에서는 원판°이 돌고, 사람들은 몹시 즐겁다. 첫 번째 수수께끼, A를 고르겠어요. 저는 N을 제안합니다. 다시 도는 원판, 예측할 수 없는 행운, 행운을 빕니다.

아버지와 나에게도 우리만의 놀이가 있다. TF1 채널의 예능 프로그램과 똑같은 시간에. 그 놀이는 예고 없이, 특별한 이유도 없이 시작된다. 내가 그림을 그리고 있거나 혹은 숙제를 하고 있을 때, 갑작스러운 질문이 날아오며 고통을 예고한다. 너는 모든 걸 다 아는 아이지, 엘렌, 기요틴은 언제 만들어졌지?

나는 여덟 살이다. 열한 살이다. 열세 살이다. 나는 언제나 같은 자리, 주방 식탁에 앉아 식탁보 위에 두 손을 평평하게 얹어놓는다. 일찍 귀가한 아버지는 학급 성적이 좋은 딸을 위해 퀴즈를 생각해낸다. 참 대단하기도 하지! 아이는 책을 읽는다, 학

○   행운의 원판La Roue de la fortune. 1987년부터 2012년까지 TF1 채널에서 방영된 예능 프로그램. 참가자들이 원판을 돌리며 퀴즈를 풀고 상금을 받는 형식이다.

교 선생이 되고 싶다고 선언한다. 그러자 마치 아이가 그의 얼굴에 침을 뱉기라도 한 듯이, 아버지는 딸을 잡으러 다닌다. 똑똑한 척 구니까, 제대로 알고 있는지 질문을 던져볼 작정이다.

첫 번째 오답. 머리통을 한 대 때린다.

두 번째 오답. 따귀가 날아온다.

세 번째 오답. 스툴 위에 앉아 있던 나를 밀어붙여 바닥에 넘어뜨린다.

네 번째 오답. 바닥에 쓰러진 내게 발길질한다.

잔 다르크가 성녀로 추대된 게 언제지?

샤를 마르텔이 푸아티에 전투에서 승리한 게 언제지?

텔레비전 예능 프로그램의 질문과 똑같을 때도 있고, 아닐 때도 있다. 규칙은 매번 달라진다.

집중해보지만, 〈행운의 원판〉 방송 소리 때문에 쉽지가 않다. 음악 소리가 너무 크다. 다시 돌려봐요, 로즐린, 브라보, 공을 잃어버리지는 않았네요. 하하하, 이제 표현 하나를 찾아내야 해요, 자, 잘 들어보세요, 로즐린. 나는 바닥에 누워 있다. 매번 그랬듯 땅바닥에. 일어나선 안 된다. 이제 답을 하나도 모르겠다. 다음 매질을 예상한다. '소 잃고 외양간 고친다'입니다. 로즐린, 아쉽네요. 나는 절대 울지 않는다.

질문은 이제 아무런 의미가 없다. 아버지의 발길질이 쏟아진다. 나는 머리를 감싼다. 타일 바닥에 한껏 웅크려 피해보려한다. 배를 향해 날아오는 발길질에 숨이 멎는다. 이제 사무실에서 일하는데도 아버지는 일꾼들이 신는 신발, 끝이 둥글고 딱딱한 장화를 신는다. 사파이어와 다이아몬드 반지를 골랐군요, 로즐린, 9900프랑 상당의 국제 감정서와 함께 드립니다. 어쨌든 아주 멋진 선물을 받으셨군요.

나는 열네 살이다. 엄마가 들어올 때도 나는 바닥에 누워 있다. 어쩌면 몇 초 혹은 몇 분간 의식을 잃었을지도 모르겠다. 다시 일어섰을 때, 내 다리 사이에서 피가 흐른다. 진홍색 뱀이 장딴지를 따라 교묘하게 빠져나가 양말 속에 숨을 곳을 찾는다. 엄마가 생리하냐고 묻고, 나는 아니라고 말한다.

몇 주 뒤, 수학 수업 시간에 배 아래쪽이 찢기는 듯 고통스럽다. 숨을 쉬기도, 신음을 내지 않기도 힘들다. 선생이 내가 수업에 집중하지 않는 것을 알아차린다. 그가 방금 설명한 내용에 대해 묻지만, 나는 대답할 수 없다. 벽이 행운의 원판보다 훨씬 더 빨리 돌고, 바닥이 나를 빨아들인다. 수업 주제조차 알 수 없다. 분노한 선생은 나를 교실 밖으로 내쫓는다. 복도에서 나는 기절한다.

병원에서 자궁 감염이라 진단한다. 진찰받는 것이 거북하다.

자전거 뒷좌석에 탔다가 콘크리트 경계석에 떨어졌다고 둘러댄다. 아직도 내가 아기를 가질 수 있을지 알지 못한다.

나는 열일곱이다. 바칼로레아에 합격하여 집을 떠난다. 아버지는 최근에 암으로 죽었다. 투병은 2년간 이어졌다. 2년의 휴전, 게임도 구타도 없는. 그의 손이 닿는 거리를 지나다가 몇 번인가 따귀를 맞은 게 전부다.

이번엔 아버지가 바닥에 누워 있다. 어머니는 마지막까지 아버지를 돌본다.

나는 열일곱이다. 공부해서 선생이 될 것이다. 아무것도 잊지 않을 것이다.

세
실

　　　　나는 혼자서 말한다. 아무도 없을 때 집에
서, 아니면 거리에서, 누구도 나를 보지 않는다고 확신할 때.
나는 나 자신에게 말한다. 정말이다. 아니, 내 일부가 나의 다
른 일부에게 말한다고 하는 편이 더 정확할 것이다. 나는 내게
말한다. '넌 할 수 있어.' '잘 헤쳐나갈 거야.' '계속 이러면 안
돼.' 이런 식이다. 몇 주 전 펠셍베르 박사를 만났을 때, 내 안의
두 부분에 관한 이야기를 설명해보려 했다. 처음이었다. 그는
더 정확하게 얘기할 필요가 있다고 했다. 좋아요, 그러니까, 역
동적이며 내가 긍정적이라 평가하는 기질을 갖춘 내 일부가
다른 일부에 말을 걸어요. 나의 약한 부분에. 단순화하자면,
문제를 만드는 부분에요.

남편도 아이들도 내가 펠셍베르 박사에게 진료받는다는 사실을 모른다. 그 편이 훨씬 낫다. 공식적으로는 일주일에 한 번 진행되는 요가 수업에 등록한 셈이다. 주방 달력에만 존재하는 수업이다.

그렇다, 안심하기 위해, 나 자신을 달래고 격려하기 위해 나는 혼자서 말한다. 너라는 호칭을 쓴다. 어쨌든 나의 두 부분은 오래전부터 서로 알고 지내왔으니까. 우스워 보일 수도 있다는 건 나도 잘 안다. 아니면 걱정스러워 보인다는 것도. 그러나 다른 일부에게 말을 거는 나의 일부가 언제나 자신감 넘치고 안심하는 모습을 보이는 것도 사실이다. 모든 것에서 최고를 보고, 언제나 좋은 측면을 살피며, 결국엔 거의 늘 이긴다. 절대로 불안해할 만한 유형은 아니다.

그리고 저녁에 잠자리에 들 때마다, 그 일부가 내게 축하 인사를 건네는 일도 드물지 않다.

나의 두 일부는 항상 존재해왔다. 어떻게 보면 줄곧 마주 보고 있던 힘들이라 할 수 있는데, 그때까지 서로 소통을 하지 않았을 뿐이다. 어쨌든 내 목소리를 매개로는. 그러니까 이건 꽤 최근의 일이다.

하지만 펠셍베르 박사는 어떤 사건이나 일화가 이 목소리를 만들어냈거나 깨운 건 아닌지 물었다. 조용히 생각해보려는데, 그가 답변을 재촉했다.

어렸을 때, 가령 학창 시절에도 이렇게 혼자 말한 적이 있었냐는 것이다. 결혼 초기라든가 혹은 일을 그만두었던 시절에라도. 아뇨, 전혀요.

"그 자체가 문제가 되지는 않아요. 많은 사람이 혼자 말하거든요. 하지만 부인께는 문제가 되죠. 왜냐하면 부인이 그걸 문제 삼았으니까요." 그는 나더러 그 문제에 대해 생각해보라고 했다. 나 혼자서 주고받는 대화의 기능에 대해 함께 고민해보자면서.

목소리가 나타난 시점이 남편 컴퓨터에서 그걸 발견하기 얼마 전이라는 사실을 자각하기까지는(그리고 인정하기까지는) 몇 번의 상담이 필요했다. 그리고 그 이후 몇 번의 상담을 더 진행한 뒤에는 펠센베르 박사의 진료실에서 이 사실을 입 밖으로 분명하게 꺼낼 수 있게 되었다.

그날 내가 무엇을 보았는지, 그리고 더 찾기 시작한 뒤 이어지는 날들 동안에 무엇을 보았는지, 암시하거나 에둘러 말하지 않고는 그걸 표현할 수 없다. 글자로 적을 수도 없다.

그 말들은 보기 흉하고, 공포로 얼룩져 있기 때문이다.

어제저녁 집에 가보니 마티스가 친구와 함께 있었다. 평소 같으면 학교에서 수업을 듣고 있을 시간이었다. 아들은 음악 선생이 결근했다고 했지만, 그게 거짓말이라는 건 금방 알 수 있었다.

아이들은 뭔가 이상해 보였다. 둘 다. 마티스는 내가 자기 방에 들어가는 것을 싫어한다. 그래서 나는 문지방에 선 채 뭐가 잘못된 건지 이해하려 애썼다. 아이들은 바닥에 앉아 있었고, 방은 말끔하게 정리되어 있었다. 게임이나 책이 나와 있지도 않았다. 둘이 뭘 하고 있었냐고 물었다. 테오는 바닥을 쳐다봤다. 카펫 위의 한 지점을 응시하고 있는 품이 오로지 자기 눈에만 보이는 아주 작은 곤충들의 영토를 관찰하는 듯한 모습이었다.

나는 그 아이가 별로다. 솔직히, 그 아이를 좋아하지 않는다. 이런 생각이 끔찍하다는 건 안다. 고작 열두 살짜리 아이일 뿐이고 그럭저럭 잘 자란 편인데도, 뭔가 불편한 구석이 있다. 그게 다. 마티스는 테오가 초능력이라도 가진 듯이 떠받든다. 아들이 그 애와 어울리지 않도록 꽤나 신경을 썼지만 결국 마음대로 되지 않았다. 나도 더 이상은 막지 못했다. 정말이지 아들이 테오의 어떤 면을 좋아하는지 모르겠다. 마티스가 초등학생일 때 내가 아주 좋아했던 아이 친구가 있었다. 둘은 정말 잘 어울렸고 한 번 다투지도 않았다. 하지만 그 아이는 초등학교를 졸업할 무렵 이사를 가버렸다.

작년에 중학교에 들어가면서 마티스는 테오를 만났고, 그때부터 다른 것은 전혀 생각하지 못했다. 마티스는 망설임 없이 전적으로 테오에게 달라붙었고, 내가 그 아이와 관련해서 조금이라도 거리낌을 드러내거나 문제를 제기할라치면 곧바로 온 힘을 다해 친구를 옹호한다.

아이들에게 간식거리가 있는지 물어봤지만 마티스는 배고프지 않다고 대꾸했다. 난 아이들을 그냥 내버려두었다.

어쨌든, 테오가 마티스에게 나쁜 영향을 미치며 안 좋은 나락으로 이끌고 있다는 생각을 떨칠 수가 없다. 그 애는 아들보다 훨씬 거칠고, 감성적인 면은 덜하다. 어쩌면 그런 이유로 마티스가 그 애를 그토록 떠받드는지도 모르겠다. 어느 날 저녁 식사를 마친 뒤 남편에게 그 얘기를 해보려 했다. 빌리암이 실제로 밤에 무엇을 하며 보내는지 알게 된 이후로, 공동의 삶을 지속시키기 위한 평범한 화제를 제외하고는 그와 대화를 시도하지 않았다. 사실 나는 멀찌감치 물러선 채 그의 하찮은 술책과 거짓말들을 관찰하며 최근 몇 주를 보내왔다.

매일 저녁 식사 후, 그는 자기 서재에 틀어박혀 지냈다.

문을 노크했다. 대답을 기다리지 않고 활짝 열고 싶었다. 집중해서 무언가를 하던 그를 깜짝 놀라게 할, 생각지 못한 기회였다. 얼마간 시간이 흐른 뒤 들어오라는 말이 떨어졌다. 컴퓨터 화면은 어두웠고, 카디건은 벗어놓았다. 그의 앞에는 종이 몇 장이 흩어져 있었다. 나는 안락의자에 앉아 마티스에 대해, 그 아이의 친구에게서 풍겨지는 안 좋은 영향에 관해 이야기를 꺼냈다. 내 관점에서 둘의 관계가 아들을 혼란스럽게 한다고 여겨지는 근거가 무엇인지, 되는대로 예를 들어가며 설명했다. 빌리암은 인내심을 가지고 주의 깊게 내 얘기를 듣는 것같았다. 짧은 설명이 끝났을 때, 머릿속에 하나의 문장이 스쳤다. 너는 악마의 소굴에서, 악마를 바로 앞에 두고 있어. 과장에 가까운, 어처구니없는 표현. 만약 빌리암이 이 말을 들었다면 분명 이번엔 또 어디서 끌어온 표현이냐며 조롱했겠지. 그렇지만 바로 그 순간부터 나는 그 문장에서, 그리고 그 문장의 강렬한 잔향에서 벗어날 수 없었다. 빌리암은 정확한 사실들을 요구했다. 아이의 퇴행에 대한 정황증거, 쇠약을 보여주는 그래프, 수량화할 수 있는 자료들. 어떤 증거물을 끼워 넣어야 했을까? 마티스의 학교 성적은 꽤 괜찮았고, 남편은 무엇에 문제가 있는지 모르겠다고 했다. 멋대로 생각했던 것이다. 사실 내가 멋대로 생각한다는 건 빌리암의 판단이다. 모든 면에서 그렇다고. 게다가 이것은 부드럽게 대화를 중단시키는 꽤 효과적인 방법이 되어버렸다. 당신 멋대로 생각한 거야.

사실 내가 남편에게 무언가를 말해서 그의 관심을 끄는 경우는 드물다. 그 때문에 난 그에게 거의 아무 얘기도 하지 않는다. 늘 이런 식은 아니었다. 처음 만났을 때, 우리는 이야기하느라 온밤을 지새웠다. 빌리암을 통해 나는 거의 모든 것을 배웠다. 말과 몸짓, 처신하고, 웃고, 행동하는 방법들. 그는 규칙과 비결을 알고 있었다.

언제부터 우리가 대화를 나누지 않았는지 모르겠다. 오래전부터라는 것은 확실하다. 그런데 가장 근심스러운 점은, 내가 그걸 깨닫지 못했다는 사실이다.

오늘 아침 마티스는 나보다 먼저 일어났다. 주방에 들어가보니 이미 아침을 챙겨 먹는 중이었다.

자리에 앉아 잠시 아이를 관찰했다. 물건을 집을 때나 찬장의 문이 저절로 닫히게 두는 방식에서 다소 건방 어린 무심함이, 그리고 말을 걸거나 뭔가를 물어볼 때마다 몹시 민감하게 내비치는 짜증이 느껴졌다. 문득 마티스가 어떤 문턱, 정확하게 문턱 바로 위에 서 있다는 생각이 들었다. 이미 아이의 내부에서 바이러스처럼 끓어오르는 징후가 보인다. 맨눈으로야 아무엇도 알아챌 수 없지만, 그의 몸속 세포 하나하나에서 작동 중이다. 마티스는 이제 청소년이 아니다. 아니, 그보다는 청소년으로 보이지 않는다. 몇 주면 끝날 일이다, 어쩌면 며칠.

전에 제 누이가 그랬듯이, 막내아들은 우리 눈앞에서 변해 갈 것이다. 무엇도 그 변화를 멈추게 할 수는 없으리라.

마
티
스

중학교 첫날, 그는 가운뎃줄을 선택했다. 그리고 가운뎃줄에서도 중앙을 골랐다. 칠판에서 아주 멀지도, 가깝지도 않은 자리. 맨 앞도, 맨 뒤도 아닌 자리. 경험상, 그 자리라면 관심이 덜할 터였다. 교정 한쪽에 게시된 학생 명부에서 같은 반에 아는 학생이 하나도 없다는 걸 막 확인한 참이었다. 초등학교 때 친구들은 다른 반으로 배정되었다.

교실 문이 닫혔을 때, 그의 옆에는 아무도 앉지 않았다. 짝을 지어 앉아 팔꿈치를 맞대고 쑥덕이느라 정신이 팔린 다른 학생들을 그는 바라볼 생각도 못 했다. 교실 구석구석에서 낮게 두런거리는 소리와 가볍게 들뜬 웅성거림이 이미 시작되었고, 그제서야 담임선생님은 아이들을 조용히 시켰다. 그만이 배제된 합의. 처음으로 그렇게 혼자라고 느꼈다. 그렇게 약하다고 느꼈다. 그의 앞에 있는 여학생들은 두 번이나 몸을 뒤로 돌려 기분 나쁘게 훑어보았다.

10분쯤 지나자 누군가 문을 두드렸다.

교무주임이 처음 보는 아이와 함께 들어왔다. 테오 뤼뱅. 복도에서 길을 잃어 교실을 찾지 못한 아이였다. 놀리며 야유를 퍼붓는 소리가 여기저기서 터져 나왔다. 선생님은 마티스 옆의 빈자리를 가리켰다. 테오가 앉았다. 아무것도 옆자리를 침범하지 않았건만 마티스는 자기 짐을 안쪽으로 끌어당겼는데, 이는 늦게 온 아이를 맞이하는 일종의 환영 방식이었다. 그는 테오에게 웃어 보이려 시선을 찾았지만 테오는 눈을 내리깔고 있었다. 테오는 필통과 노트를 꺼내더니 고개를 들지 않은 채 고맙다고 속삭였다.

다음 시간에도 그들은 나란히 앉았다.

그날 이후 두 아이는 체육관, 교무실, 식당 그리고 마구잡이로 배열된 강의실 번호를 함께 찾아다녔다. 그들은 끝도 없어 보이는 이 새로운 공간에 익숙해졌고, 이제 구석구석을 다 안다.

그들은 말을 하지 않고도 서로 어울릴 수 있다는 걸 깨달았다. 서로 바라보는 것으로 충분했다. 사회적으로나 정서적으로나 감정적으로나, 말이 필요 없는 무언의 공동체. 추상적이고 일시적인, 하지만 서로가 알아볼 수 있는 신호들. 이런 걸 무엇이라 명명할 수는 없을 것이다. 그들은 이제 떨어지지 않는다.

마티스는 테오의 침묵이 다른 이들에게 얼마나 인상적인지 안다. 남자아이들뿐 아니라 여자아이들에게도. 테오는 말이 거의 없지만, 끌려다니는 스타일은 아니다. 다들 그를 두려워한다. 그를 존중한다. 그는 결코 싸움을 하거나, 누굴 위협하지도 않는다. 그의 내부에서 끓어오르는 무언가가 그를 향한 공격이나 비난을 막아준다. 그의 옆에서라면 마티스는 보호받는 느낌이다. 위험할 게 하나도 없다.

2학년 개학 날, 안내판에서 그들이 또 같은 반이 되었다는 사실을 발견한 마티스는 강렬한 안도감을 느꼈다. 누가 그에게 물었다면 이 안도감이 자기 자신 때문인지, 테오 때문인지 말할 수 없을 터였다. 개학하고 몇 달이 지난 오늘, 그가 보기에 친구는 좀 더 어두워진 것 같다. 그는 종종 테오가 연극을 한다는, 무언가를 하는 척하고 있다는 느낌을 받는다. 그와 함께 강의실을 옮겨 다니고, 학생 식당에서 참을성 있게 차례를 기다리고, 자신의 학용품과 사물함과 식판을 정리하지만, 사실 테오는 이 모든 것의 밖에 있다. 둘이 모노프리 상점 앞에서 헤어질 때나 테오가 지하철역 방향으로 떠나갈 때면, 때때로 복잡한 근심이 가슴속에 퍼져 마티스는 숨도 쉬지 못할 지경 이다.

마티스는 엄마 돈을 훔친다. 엄마는 그를 의심하지 않는다. 가방을 아무 곳에나 두고, 동전을 확인하는 일도 없다. 마티스 는 동전만 집는다. 지폐에는 손도 대지 않는다. 그는 신중하게 빼낸다. 한 번에 한두 개 정도, 그 이상은 아니다. 이 정도면 납 작한 작은 병을 살 수 있다. 5유로면 라 마르티니케즈 럼, 6유 로면 폴리아코프 보드카를 살 수 있다. 그들은 길모퉁이에 있 는 작은 상점에 간다. 다른 곳보다 비싸지만, 그곳에서는 아무 것도 문제 삼지 않는다. 큰 병을 살 때는 인근 고등학교 2학년 생이자 위고의 형인 밥티스트를 통하는 편이 낫다. 그도 성인 은 아니지만 나이에 비해 조숙해 보인다. 신분증 제시를 요구 받지 않고도 마트에 갈 수 있다. 그는 그들에게 약간의 수수료 를 요구한다. 기분 좋은 날에는 깎아주기도 한다.

마티스는 누나가 준 흑단 상자에 동전들을 숨긴다. 안쪽에 꽃무늬 천이 덧대어 있어 여자 물건 같다고 생각했던 상자다. 어쨌든 열쇠로 잠글 수 있다는 장점이 있어서 지금은 거기에 훔친 동전을 숨긴다.

내일, 점심시간 후에 그들에겐 한 시간의 자습 시간이 주어진다. 복도에 아무도 없으면 은신처에 숨어들어 어제 산 럼주를 마실 것이다. 테오는 럼주가 보드카보다 머리를 더 폭발시킬 거라고 했다. 그러면서 두 손가락을 붙여 권총 모양을 만들더니 자기 관자놀이께를 겨누어 총 쏘는 흉내를 냈다.

테
오

크리스마스 선물로 받았던 두꺼운 스웨터, 엄마가 가져가지 말라고 했던 그 옷을 테오는 아빠 집에 두고 왔다. 처음엔 엄마도 알아차리지 못했지만, 기온이 내려간 오늘 그가 그 옷을 입지 않자 깜짝 놀란다. 엄청나게 화가 난 게 눈에 보일 정도다. 테오에게 너무나 익숙한 그 짜증을 엄마는 감춰보려 애쓴다. 엄마는 여러 차례 반복해서 말한다. "그 스웨터, 다시는 못 보겠네." 스웨터는 무無의 깊숙한 곳으로 빨려 들어가 위험에 처한다. 엄마는 지칭하지 않으면서 적지를 암시한다. 알 수 없는 규칙들에 의해 움직이는 장소. 옷을 세탁하려면 몇 주가 걸리고, 물건들은 길을 잃어 결코 다시 나타나지 않는 그런 곳.

테오는 다음번에 스웨터를 다시 가져오겠노라 약속한다.

그래, 그는 약속을 지킬 거다.

그래도 엄마는 좀처럼 다른 일로 관심을 돌리지 못한다. 그는 그 사실을 안다.

테오가 더 어렸을 때, 그러니까 초등학교를 마칠 때까지 엄마는 아빠 집에 갈 때마다 짐을 싸주었다. 엄마는 덜 예쁘고 아주 낡은 옷들만 골랐다. 옷들이 다시 돌아오기까지 시간이 걸릴 거라는 이유로, 그리고 때때로 돌아오지 않는다는 이유로. 금요일 밤이면 엄마는 지하철로 그를 그곳까지 데려가서 건물 아래 세워두었다. 초반에, 그러니까 혼자 엘리베이터를 타기에는 테오가 너무 어렸을 때, 아빠는 내려와 유리문 반대편에서 그를 기다렸다. 부모는 서로 만나지 않았고, 눈도 마주치지 않은 채 유리로 된 경계선의 다른 편에 각각 머물러 있었다. 알 수 없는 물건과 교환한 포로처럼 테오는 건물 로비를 걸어갔다. 가까스로, 전등 스위치를 누르며, 그렇게 중립지대를 건넜다. 또 한 주가 지나고 금요일이 오면 같은 시간에 다른 대로변에서 아빠는 자동차 엔진을 멈췄고, 테오가 건물 안으로 들어가길 기다렸다가 다시 시동을 걸었다. 반대편의 건물 계단참에서는 엄마가 그의 팔을 세게 붙잡았다. 두 차례 볼에 입을 맞춘 뒤 그의 얼굴과 머리칼을 쓰다듬으며 위에서 아래로, 아래에서 위로 그를 한번 훑어보고는, 마치 그가 미스터리한 재난에서 기적적으로 살아 돌아오기라도 한 것처럼 마음을 놓았다.

그는 아주 오래전 그날을 기억한다. 초등학교 2학년 아니면 3학년쯤 되었을 때, 엄마가 아빠 집에서 돌아온 그의 가방 내용물을 확인하는데 몇 주 전에 샀던 바지를 찾지 못했다. 엄마는 마치 생사의 문제라도 되는 듯 한 벌 한 벌 전부 꺼내기 시작하더니, 격분해서 옷들을 공중에 내팽개쳤다. 그렇게 그 옷이 없는 것을 다시 한 번 확인하고는 울기 시작했다. 스포츠 가방 앞에 무릎을 꿇고 앉아 몸을 떨며 눈물을 쏟는 엄마의 모습을 테오는 얼이 빠져 바라보았다. 그는 엄마의 고통을 느꼈다. 그 고통이 빠른 속도로 그에게 밀려들었다. 그런데 한 가지 생각이 슬며시 떠올랐다. 그게 왜 그렇게 중요하지?

엄마는 아빠가 짐을 제대로 챙겨주지 못한다고 불평하기 시작했다(엄마가 아빠에 대해 나쁜 얘기를 할 때마다, 불편하고 찢어질 듯한 감정 탓에 그의 배 속은 부글부글 끓었고, 귀에서는 날카로운 소리가 윙윙거렸다). 그래서 그는 자기가 직접 가방을 쌌다고 말해야 했다. 최선을 다해 옷들을 다 모아봤는데 틀림없이 빨래 통에 있어야 할 바지를 찾지 못했다고. 그러자 갑자기 엄마가 소리를 질렀다. "그년은 세탁기 돌릴 줄도 모르는 거야?"

그의 부모가 이혼했을 때 아빠는 새 아파트로 이사했고, 거기서 쭉 살고 있다. 아빠는 테오의 방을 마련해주느라 거실 구석에 칸막이를 추가로 설치했다. 이혼하고 몇 달이 지난 뒤 아빠는 다른 여자를 만났는데, 엄마는 그 여자를 '쌍년' 혹은 '그년'이라고 불렀다. 그년은 이따금씩 밤중에 아빠 집으로 오긴 했지만, 거기서 자는 일은 없었다. 같은 회사에서 일하고 있으니 아마 엘리베이터나 혹은 구내식당 같은 곳에서 서로 알게 되었으리라. 그런 식으로 테오는 그들의 만남을 상상했다. 여러 차례 머릿속에 그려보던 장면. 하지만 그 배경을 상상하기가 쉽지는 않았다. 아빠가 매일같이 출근하는 곳, 파리 외곽의 다른 세상에 있는 그 사무실이 어떻게 생겼을지 그로서는 좀처럼 떠올릴 수가 없었다.

테오는 아빠와 그 여자와 함께 불로뉴 숲에 있는 놀이동산에 갔던 봄날을 기억한다. 여섯 살인가 일곱 살 때였다. 그는 트램펄린 위에서 놀았고, 범퍼카를 탔고, 깡통 맞히기를 했다. 오후 늦은 시간에 세 사람은 유리로 된 미로 속에서 길을 잃기도 했다. 배도 탔다. 마법의 강물을 따라 떠내려가는 그 시간이 그에겐 감미롭고 길게 느껴졌다. 그런 다음엔 솜사탕을 사 먹었다. 그녀는 상냥했다. 울타리와 담벼락으로 둘러싸인 그 멋진 세계, 아이들이 왕인 세상을 알게 된 것도 그녀 덕분이었다. 후미진 구석까지 속속들이 알고 있는 것으로 보아 그 여자는 분명 그 장소와 관계가 있었을 것이다. 작은 산책로를 안내하고 티켓을 건네준 사람도 그녀였고, 무엇보다 아빠가 그토록 숭배하는 눈빛으로 그녀를 바라보았기에, 테오는 놀이동산 전체가 그 여자의 소유라고 결론지을 정도였다.

하지만 다음 날 엄마 집에 도착하는 순간, 테오는 배가 조여드는 것 같았다. 그는 슬펐다. 죄를 지었다는 기분. 그는 그 여자와 웃었고, 그 여자의 선물을 받았다.

무언가 단맛이 나고 끈적이는 것이 그의 손에 아직도 붙어 있었다.

초반에 그가 아빠 집에서 돌아오면 엄마는 이것저것 묻곤 했다. 아이가 계략을 알아채지 못하리라 생각한 듯, 직접적인 언급 없이 말을 뱅뱅 돌려 우회하는 질문으로 정보를 얻어내려 애썼지만 테오는 그 의도를 완벽하게 간파할 수 있었다.

되도록 적게 말을 하기 위해 그는 질문을 못 알아듣는 척하거나 얼버무렸다.

그 시절 엄마는 이렇다 할 전조도 없이 울음을 터뜨리곤 했다. 잼 뚜껑을 열지 못해서, 잃어버린 물건을 다시 찾지 못해서, 텔레비전이 고장 나서, 피곤해서. 그럴 때마다 테오는 온몸으로 엄마의 고통을 받아들이는 기분이었다. 어떤 때는 전기 충격 같았고, 어떤 때는 깊이 베인 상처 같았고, 또 어떤 때는 주먹으로 한 방 얻어맞는 느낌이었다. 그것이 무엇이든, 매번 그의 육체는 고통의 연장에 놓여 자기 몫을 빨아들였다.

초반에, 그가 아빠 집에서 돌아올 때마다 엄마는 묻곤 했다. 잘 놀았어? 울지는 않았고? 엄마 생각 많이 했어? 왠지 모르게 함정에 빠진 기분이었다. 아무 일 없었다고 말하는 게 엄마를 안심시킬 수 있을지, 아니면 정반대로 지겨웠다고, 엄마가 그리웠다고 해야 하는지 알 수가 없었다. 언젠가 다른 진영에서 일주일을 보내고 온 테오의 모습에 즐거운 기색이 역력히 드러났을 때, 엄마의 얼굴은 끔찍할 정도로 슬픈 모습이었다. 엄마는 입을 다물었고, 테오는 엄마가 또 울음을 터뜨릴까 봐 겁이 났다. 하지만 몇 분이 지나자 한숨을 쉬며 엄마가 말했다.

"네가 행복한 게 중요해. 내가 필요 없어지면 엄만 떠날 거야. 아마 여행을 가겠지. 쉬러."

아주 빠르게, 테오는 자신에게 기대되는 역할을 해낼 수 있게 되었다. 표정 없이, 시선은 내리깔고, 최대한 아껴서 말을 내뱉었다. 자신을 드러내지 말 것. 경계선으로 나뉜 두 진영에서 침묵이야말로 가장 안전한 최고의 방책이다.

그로서는 가늠하지 못하는 시간이 흐른 뒤, 그년은 사라졌다. 드문드문 들었던 단편적인 전화 통화로 미루어 당시 그가 이해한 내용에 따르면, 그 여자에게 아이들이 있었는데 그 아이들은 자기들을 빼고 불로뉴 숲 놀이동산에서 즐거운 시간을 보낸 엄마를 탐탁지 않게 생각했던 것 같고, 또 그 여자에겐 헤어지고 싶지 않은 남편도 있었다.

조금씩 그의 엄마는 울음을 그쳐갔다. 가구를 팔아서 더 예쁜 가구들을 샀고, 집의 벽을 새로 칠했다. 테오는 자기 방과 부엌의 벽 색깔을 골랐다.

이제 아빠 집에서 일주일을 보내고 돌아와도 엄마는 질문하지 않았다. 그가 무엇을 했는지, 누구와 했는지 묻지 않았다. 잘 놀았는지도. 반대로 엄마는 주제를 회피하기 시작했다. 그 무엇도 더 알고 싶어 하지 않았다.

이제 엄마의 집 밖에서 보내는 시간은 존재하지 않았다. 어느 저녁 엄마는 테오에게 모든 것이 완전히 끝났다고, 더는 아빠 얘기를 듣고 싶지 않다고 말했다.

그의 아빠는 이제 존재하지 않는다. 엄마는 그 이름조차 입
에 담지 않았다.

엘

렌

      다음번 관심 학생 회의에서 테오 뤼뱅에 대한 논의가 진행됐으면 싶었다. 프레데리크는 조금 더 기다려보는 게 어떻겠냐고 설득했다. 그의 말에 따르면, 나에게는 그 논의를 요청할 만한 근거가 없다. 게다가 그런 일로 언급되면 일종의 낙인이 남게 되고, 그것은 이후 테오나 그의 가족에게 해가 될 수도 있다. 가볍게 다루어서는 안 될 일이다.

      내가 이 문제를 가볍게 다루는 것처럼 보였던 걸까? 밤마다 나는 불안 때문에 거북한 숨을 내쉬며 잠에서 깨고, 다시 잠들기까지는 몇 시간이나 걸린다. 친구들과 외출하거나 영화를 보고 싶은 마음도 없다. 즐거워지고 싶지 않다. 어쨌든, 이런 전례는 한 번도 없었고, 나로서는 첨부할 만한 자료도 없다. 아이 부모를 부를 필요까지는 없다고 판단한 보건교사의 생각을 바꿔야만 했다. 아직도 보건교사는 테오 엄마에게 보낸 편지에 대한 답장을 받지 못했다.

조금 기다려보라는 제안을 받아들였다. 프레데리크는 2학년 수업이 일주일에 한 시간뿐이지만 테오에게 특별히 신경을 쓰겠다고 약속했다.

어제 오후 마티스 바로 뒤에서 교실로 들어오는 테오의 모습을 보았을 때, 가슴이 철렁 내려앉았다. 타협했던 것이 후회되었다. 한눈에 알 수 있었다. 그 아이는 어딘가 이상하고 불안정했다. 발을 디딜 때마다 바닥이 무너져 내리는 것처럼, 아주 조심스럽게 걸음을 옮겼다. 자기 자리까지 가느라 손으로 책상을 짚어 의지할 지경이었다. 얼마나 당혹스러운 모습인지, 꼭 술 취한 남자 같았다. 다리나 허리를 다친 게 아닐까 하는 생각이 들 정도로 고통스럽게 나아갔고, 마침내 의자에 넘어지듯 앉았다. 자리에 도착해 안심한 눈치였다. 아이는 바닥에 시선을 고정한 채 내 눈을 피했다.

학생들이 모두 자리를 잡고 웅성거림도 잦아들었건만 테오는 여전히 움직이지 않았다. 왜 노트를 꺼내지 않냐고 묻자, 아이는 나를 바라보지도 않은 채, 노트 꺼내는 것을 잊어버렸다고 가느다란 목소리로 대답했다.

공포가 엄습했다. 막아낼 수 없는 이미지들이 습격해 왔다. 정신을 가라앉힐 수도, 숨을 고를 수도 없었다. 무슨 일이 일어난 건지 이해하려 애쓰며 아이를 바라볼 수밖에 없었다.

그때 아이의 몸에 난 상처가 보였다. 마치 좌상과 피를 보여주기 위해 정확히 옷의 그 부분을 찢어내기라도 한 듯, 선명하게 상처가 드러나 있었다. 나는 호흡을 가다듬고 다른 학생들에게로 시선을 돌렸다. 아이들의 얼굴을 살펴보았다. 누군가 이 상황을 눈치챘을지도 몰라. 누구라도, 그들 중 단 한 명이라도 내가 보았던 것을 볼 수 있었으면 싶었다. 그러나 내 말을, 수업의 시작을 기다리며 아이들은 꼼짝도 하지 않았다. 속으로 몇 번이나 되뇌었다. 내 눈에만 저 상처가 보이는 거야. 내 눈에만 그 피 흘리는 모습이 보이는 거야. 나는 눈을 감았다. 이성적으로 생각해보려, 호흡을 가다듬어보려, 테오를 상담한 보건교사의 단호하고 확신에 찬 억양이 새겨진 말들을 다시 떠올려보려 애를 썼다. "아무것도 없었어요. 표시도, 흔적도, 상처도."

아무것도 없었다.

내가 구타당했다는 사실만 빼면. 그러니 나에게만은 그런 말이 통하지 않는다.

첫째 줄에 앉은 위고가 조용히 물었다.

"선생님, 어디 안 좋으세요?"

그 이미지들이 끈질기게 괴롭혔다.

나는 깊이 숨을 들이마셨다. 학생들에게 시험지를 꺼내라고 한 뒤, 쪽지 시험 문제를 칠판에 적는 대신 소리 내어 불러 주었다.

우리가 매일 먹는 음식들은 어떤 기능을 하는가?

식품군을 아는 대로 나열하시오.

음식물이 공급하는 열량을 가늠하는 데 사용하는 측정 단위는 무엇인가?

첫째 줄에 앉은 여자아이(분명 로즈 자캉이었을 거다. 그 아이는 말할 기회를 절대 놓치지 않는다)가 내 말을 잘랐다.

"선생님, 너무 빨라요!"

그동안은 불시에 쪽지 시험을 보는 일이 없었기에, 교실에는 반발의 분위기가 감돌고 있었다. 테오는 두 손을 눈가에 댄 채 고개를 숙이고 있어서 더 이상 그 아이의 눈을 살필 수 없었다. 보건교사에게 가보라고 했지만 아이는 말을 듣지 않았다.

처음엔 말도 안 되는 일이라는 듯 굴던 학생들도 결국 입을 다물고 문제를 풀기 시작했다. 시험 중 이야기를 주고받지는 않는지 감시한다는 명목으로 나는 이제 테오를 관찰할 수 있었다. 아이는 몸을 살짝 앞쪽으로 기울이고 한 손을 들어 펜을 잡고 있었다. 종이를 고정하려는 듯 다른 손은 앞에 올려두었다. 시험지에 집중하지 못한 채, 찾을 수 없는 어느 고정된 점을 눈으로 찾는 듯 보였다.

몇 분이 흐른 뒤, 나는 교실 뒤쪽을 향해 걸었다. 지나치면서 보니 아이의 시험지에는 아무것도 적혀 있지 않았다. 이마가 온통 땀으로 뒤덮여 있었다. 머리를 만져주고 싶었다. 옆에 앉아 두 팔로 안아주고 싶었다.

여러 번 그의 책상 옆을 지나쳤지만, 아이는 고개를 들어 나를 보지 않았다. 나는 그의 시야에 들어갈 수 없었다.

보건교사 때문에 나를 원망하는 걸까? 내가 그를 배반했음을, 더는 그의 신뢰를 받을 자격이 없음을 드러내는 걸까?

내 자리 책상으로 돌아왔다. 침묵 속에서 겨우 마음을 추스르고 시험지를 채점하는 척했다.

종이 울렸을 때, 로즈에게 시험지를 모아달라고 부탁했다. 로즈는 테오와 마티스의 시험지를 들어 올리며 동작을 멈췄다. 날카로운 웃음이 로즈의 얼굴에 떠올랐다. 놀란 건지 일종의 묵인인지, 나로서는 알아챌 수 없는 웃음이었다.

나는 학생들이 나가는 모습을 지켜보았다. 테오는 아까보다 자신 있는 걸음으로 걸어갔지만 뭔가 이상했다. 분명히 이상한데, 그게 무엇인지 알 수 없었다.

학생들이 다 빠져나가고 나는 테오의 것이 나올 때까지 시험지를 넘겨보았다. 여백에 그의 이름만 적혀 있었다. 답은커녕 불러준 문제도 받아 적지 않았다.

대신 내가 며칠 전 나누어준 소화 체계를 재현한 도식 하나를 그리려 애쓴 흔적이 보였다. 단순하지만 정확하게, 그는 머리부터 허리까지 인간 육체의 윤곽을 그렸다. 그 안에는 입, 식도, 위, 그리고 뱀처럼 감겨 있는 장이 연필로 묘사되어 있었다. 그중 명치에 뭔가 그려져 있는 게 보였다. 처음에는 채소나 꽃이라고 생각했다. 그림이 흐릿해 종이를 얼굴에 바싹 붙였다. 이어 종이를 다시 뒤로 물렸을 때, 그게 해골이라는 것을 깨달았다.

세

실

어제, 학교에서 돌아온 마티스는 술에 취해
있었다.

눈에 어른대는 반짝이는 섬광과 살짝 균형을 잃은 몸짓으
로 알 수 있었다. 가까이 와서 숨을 쉬어보라고 한 뒤 입김을
맡았다.

의심할 여지가 없었다.

사과주나 맥주가 아니다. 도수가 센 술을 마셨다.

저는 알코올중독자의 딸이에요. 그다음 날 펠셍베르 박사
의 진료실에서 상담을 시작할 때 서문처럼 내가 했던 말이다.
의자에 앉기도 전에 말이다. 뻔한 스토리다. 아버지는 매일 퇴

근하자마자 시작해서 밤늦게까지 마셨다. 정신을 놓을 때까지 좋아하는 싸구려 적포도주를 앞에 두고 똑같은 말을 되풀이했다. 그는 온 세상에 불만을 터뜨렸다. 운전기사들에게, 아나운서들에게, 가수들에게, 이웃에게, 정치인들에게, 약사들에게, 매장 책임자들, 종업원들, 담당자들, 대표들에게, 그리고 내가 기억하지 못하는 이들에게. 우리나 어머니를 과격하게 대하는 일은 없었다. 어린 시절부터 청소년기 내내 그런 아버지를 보았다. 텔레비전 앞에 앉아 힘겹게 화면을 바라보며, 누구도 듣지 않는, 끝나지도 않는 혼잣말을 수도 없이 반복했다. 말하자면, 그는 가구 같았다. 수치심으로 얼룩져 있긴 했지만 아버지에게는 늘 애정 어린 연민을 느꼈던 것 같다. 나는 집에 친구를 한 번도 데려오지 않았다. 아버지는 환경에 적응하지 못해 넘치는 감수성을 알코올 속에 담가버린 쇠약한 남자였다. 어머니가 불평하는 소리는 들어본 적이 없다. 어머니는 모든 것을 책임졌다. 살림살이뿐 아니라 서류며, 관공서 일이며, 의료, 학교, 세금까지 모두 처리했다. 다들 어머니를 성녀라 불렀다. 나로서는 이해가 가지 않았다. 어머니는 어떤 신도 믿지 않았기 때문이다. 그럼에도 어머니는 아주 오랜 세월에 걸쳐 그 무엇보다 알코올을 사랑해온 이 남자를 참아냈다. 아버지가 실직했을 때, 나는 아버지가 이제 술에 빠져 죽겠구나 생각했다. 그러나 시작 시간이 좀 당겨졌을 뿐, 일상은 변하지 않았다. 파도도 일지 않았고, 아버지는 딱 머리만 밖에 내놓은 채 둥둥 떠다녔다. 움직임도 거의 없었다. 아버지는 생존에 필요한 것만을 했다. 늘 같은 곳에 자리를 잡고, 똑같은 리듬(한 시간에 석 잔에서 다섯 잔)을 유지했다. 그런 뒤에는 불을 다 껐는지 확인하고 자리 올라갔다. 아버지는 소리 없이 죽어갔다. 어머니는 최소한의 잔소리도, 조금의 항의도 하지 않았다. 오빠는 몇 년 전부터 전자 제품 창고에서 야간 경비로 일했다. 그러다 여자 친구와 헤어진 뒤로는 줄곧 자기 방에 처박혀 음악만 들었다. 나는 오빠의 얼굴색을 살피며 사람이 햇빛을 보지 않고 얼마나 살아갈 수 있을지 생각했다.

어느 저녁, 텔레비전 뉴스에서 유조선 사고로 검은 기름띠가 생긴 바다를 탐방한 취재 보도가 나왔다. 우리는 식탁에 있었다. 끈적끈적한 기름에 덮인 새들을 바라보던 나는 이내 우리 가족을 생각했다. 어떤 가족사진보다 우리를 더 잘 재현해낸 모습이었다. 그게 우리였다. 검은 기름에 뒤덮여 움직이지도 못한 채 어리둥절해하는, 중독된 육체.

그다음 날 사촌의 결혼식에 참석하기 위해 우리 넷은 다 같이 자동차에 올랐다. 오빠가 운전했다. 아침부터 비는 쉬지도 않고 내렸다. 금속성 소리를 내며 비가 앞 유리창을 맞고 튕겨

나갔다. 낮은 하늘은 지평선을 향해 가는 우리를 집어삼킬 듯 마치 턱을 벌리고 기다리는 것 같았다. 바람 때문에 옆 유리창에 들러붙은 긴 빗방울이 마구 떨렸다. 와이퍼 소리가 자동차 안을 울리고 있었다. 축축한 마찰음의 끈질긴 소리, 정신을 몽롱하게 만드는 반복적인 소음에 무감각 상태로 빨려드는 기분이었다. 아버지는 앞자리, 오빠 옆에 앉아 있었다. 아버지는 앞을 바라보았지만, 아무것도 보고 있지 않았다. 내 옆에 앉은 어머니는 무릎 위에 가방을 올려놓은 품이, 무슨 갑작스러운 신호라도 울리면 곧장 자동차 밖으로 튀어 나갈 사람처럼 보였다. 보아하니 어머니 역시 속도계를 유심히 살피고 있었다. 티에리 오빠가 빠르게, 아주 빠르게 차를 몰았기 때문이다. 몇 미터 너머로 아무것도 보이지 않는 상황이었다. 내가 오빠에게 속도를 늦추라고 요구했다. 오빠는 못 들은 척했다. 몇 분이 지난 뒤엔 속도가 더 빨라져서, 나는 보다 거칠게 말했다. 오빠는 자기가 알아서 하고 있다며 투덜대더니, 이어 길을 터달라는 의미로 앞 자동차에 바싹 달라붙었다. 아버지는 줄곧 익숙한 체념에 젖어 눈앞의 한 지점을 똑바로 응시했고, 어머니는 움츠린 채 가방을 꼭 안고 있었다. 나는 한 대씩 추월할 때마다 다른 자동차의 측면에서 한 다발씩 뿜어져 나오는 물줄기를 바라보았다. 이내 눈앞에서 후미등들이 춤을 추기 시작했다.

그리고 모든 불빛이 뿌옇게 되었다.

죽음 같은 침묵이 자동차 내부를 엄습했다.

그때, 나는 이런 표현을 생각했다. 목숨을 걸고 달리듯 빠른 속도로. 갑자기 엄습한 이 치명적인 기운은 그저 자동차 내부에만 있었던 게 아니었다. 몇 해 전부터 우리가 살아온 분위기도 그랬다. 나는 소리를 지르기 시작했다.

"차 세워! 당장 세워! 나 내릴 거야!"

깜짝 놀란 오빠가 속도를 늦췄다.

"차에서 내릴 거라고! 멈추라니까! 내리게 해줘! 내리고 싶다고! 내리고 싶어!"

나는 미친 사람처럼 비명을 질렀다.

몇 백 미터를 더 가서야 티에리 오빠는 첫 비상 지대에 차를 세웠다. 차가 완전히 멈춘 다음에도 나는 계속 되풀이해 말했다. 내리고 싶어, 내리고 싶어, 알아들어? 내리고 싶다고. 사실 나는 살고 싶다고 외치고 있었고, 그들 또한 그 소리를 너무도 확실히 알아듣고 있었다.

나는 차에서 내렸다. 아무 말 없이, 아버지가 차 문을 열었다. 그러고는 차 앞으로 반 바퀴를 돌아 티에리 쪽 문을 열었다. 오빠는 운전석을 아버지에게 넘겨준 뒤 옆자리로 이동했다. 아버지가 이제 차에 타라는 신호를 보냈지만, 나는 온몸을 벌벌 떨면서 고개를 저었다.

잠시 망설이던 아버지는 시동을 걸었다.

그 순간을 다시 생각할 때면, 자동차의 흐름에 합류하기 전 나를 바라보던 아버지의 마지막 눈빛을 떠올려보면, 알 수 있다. 그날 아버지는 내가 떠나리라는 것을 깨달았으리라. 내가 곧바로 다른 세계, 다른 삶의 방식으로 이동하게 되리라는 것을, 그리고 분명 언젠가는 우리가 같은 언어로 말을 하지 않게 되리라는 것을 아버지는 알고 있었다.

나는 멀어지는 차를 지켜보았다. 국도변이었고, 멀찌감치 도시인지 마을인지의 윤곽이 보였다. 걷기 시작했다. 몇 분 후, 어떤 여자가 차를 세웠다. 그러고는 나를 태워다주겠다고 제안했다.

우리 집에서는 다들 '내 사춘네 집' '울 언니에 가방' 하는 식으로 말했다. 모두가 '나딘 아지매' '자크 삼춘' 이렇게 부르는 집안. 우리는 파리에를 가고 샤롱에를 간다. 매일 저녁 텔레비전 뉴스를 보며 정해진 시간에 끼니를 때운다. 그렇고 그런, 뻔한 집안.

빌리암을 만났을 때, 그동안 내게 금지된 것인 양 사용할 줄 몰랐던 세계를 발견했다. 내가 실수를 하면 그는 부드럽게 타일렀다. 얼마 뒤에는 잘했다고, 발전했다고 축하해주었다. 나는 십여 권의 책을 읽었고, 빠르게 배웠다. 그는 나를 자랑스러워했다. 소니아가 태어났을 때, 그보다는 소니아가 처음으로 몇 마디를 발음하기 시작했을 때, 그는 소니아가 내 엄마를 '할미'라고, 혹은 오빠를 '티에리 삼춘'이라고 불러도 상관없다고 했다. 그러다 규칙이 생겼다. 우리는 아이를 그의 언어 속에서 키웠다. 그들은 '할머니'와 '할아버지'라고 말했고, 파리에 가고, 미용실에 가고, 점심 식사를 하고, 저녁 식사를 하지만 결코 끼니를 때우지는 않는다.

마티스가 술을 마셨다는 걸 알고 내가 보인 격렬한 반응을 설명하기 위해, 이렇게 두서없는, 그러나 하나의 흐름 속에 있는 이야기를 쏟아놓았다(솔직히 말하자면, 몇 년 전부터 입도 뻥긋 못 했던 사람처럼 쉴 새 없이 말했다).

그래요. 당연해요. 나는 곧바로 이게 내 쪽에서 유래한 일이라고 생각했다. 나 때문이라고. 마티스는 아직 열세 살도 안 되었는데, 그런데 술을 마신다니. 이는 오로지 튀어나와 소리 지를 수 있기만을 바라며 저 깊숙한 곳에서 잠들어 있던 무언가, 나에게서 유래한, 당연히 내 쪽에서 유래한 무언가의 증거가 아니겠는가. 이 얘기를 꺼낸다면, 빌리암은 틀림없이 이렇게 묻겠지. 걘 대체 누굴 닮은 거야?

하지만 빌리암에게 얘기할 생각은 없다.

없는 듯 지내고, 남편과 그의 가족이 귀에 거슬려하는 모든 것을 내 안에서 지워내고, 내 아이들에게 우아한 말투와 부드러운 태도를 전달하려 그토록 많은 노력을, 그토록 많은 시간을 쏟아부을 필요가 있었을까.

군이 '마티스의 자동차' '소니아의 인형'이라고 말할 필요가 있었을까. 결국 이 지경이 될 거였다면.

테
오

    학교 수업이 끝난 뒤, 그는 새로운 공기를
마시며 좀 걸어 다녀야 했다. 곧바로 집으로 돌아길 수 없었다.
그건 너무 위험한 짓이었다.

   20분쯤 지나서야 취기가 사라졌다. 추위 속에서 입김이 작
은 연기 같은 구름을 만들어내며 알코올을 증발시켰다.

   저녁 7시가 되기 조금 전, 그는 아파트 문을 열고 집 안이
비어 있는지 확인했다. 몇 달 전부터 엄마는 매주 금요일 늦은
오후면 운동을 하러 갔다. 이런 식으로 두 사람은 침묵과 말
못 할 충고로 넘쳐나는 이별의 어색한 순간을 모면한다. 대개
그는 조금 지나 잘 도착했다는 문자메시지를 보낸다. 엄마는
답변으로 'OK'만 적는다.

일주일간 연락은 중단된다. 문자메시지 교환은 그걸로 끝이다.

운동복을 찾으려고 여기저기 둘러봤지만 허사였다. 빨래 바구니도 살펴보았고, 널어놓은 건 아닌지도 확인했다.

몇 분 만에 테오는 일주일 치 짐을 다 정리했다. 불을 전부 끄고 밖으로 나와 열쇠로 문을 잠갔다.

전철을 타고 이탈리아 광장역까지 갔다.

그는 아파트 앞에 도착한다.

이제 그 문을 반쯤 연 그는 머릿속 멀리 외진 곳에 어렴풋한 취기가 남아 있었으면 싶다. 자기 안에서 남은 술기운을 찾는다. 자신의 움직임 속에서 굼뜬 기미나 마비 상태, 아니면 아주 작은 것이라도 알코올의 흔적을 되찾고 싶지만, 아무것도 남아 있지 않다. 그는 등껍질 같은 보호막을 잃었다. 겨울 공기 속에서 모두 소진했다. 그는 다시 자신이 싫어하는, 두려움에 벌벌 떨며 승강기 버튼을 누르는 아이가 돼버렸다. 무기력한 용연향의 맛이 사라져버린, 아무 감각 없는 졸음 속에서 두려움이 튀어나왔다. 두려움이 그의 온몸으로 퍼지며 심장박동을 빠르게 한다.

테오가 초인종을 누르면, 아빠가 문을 열어주기까지는 몇 분이나 걸린다. 지난번에는 거의 30분을 기다렸다. 그는 문 안쪽에 귀를 기울이며 아빠가 있는지를, 숨소리나 비비적대는 소리가 나는지 들어보았다. 그러나 아빠는 문을 열 준비가, 그를 맞을 준비가 안 되어 있었다. 현관으로 다가오기까지는 점점 더 많은 시간이 필요했고, 그건 그사이 아빠가 다시 인간으로 돌아와야 하기 때문인 것 같았다. 이건 테오의 추측이다. 오늘, 그가 층계참에서 기다리는 동안, 아빠에게는 그를 마주하기 위해 이 모든 시간이 필요한 것이다. 테오에게 아파트 현관 열쇠는 있지만 아빠가 방해받고 싶지 않다는 분명한 의미로 잠그곤 하는 이 빗장의 열쇠는 없다. 그래서 테오는 결국 계단에 주저앉아 기다린다. 그러면서 80초마다 일어나 센서등을 작동시킨다.

마침내 아빠가 모습을 드러낸다. 온종일 이 이미지를 상상했음에도, 그 이미지에 익숙해지기 위해 열두 번도 더 머릿속에서 그려봤음에도, 몇 달 전부터 아빠의 상태를 봐왔음에도, 테오는 의지와 상관없이 뒷걸음질 치는 몸의 움직임을 제어할 수가 없다. 뒷걸음질과 거부감. 마치 그를 버려두고 더 멀리 갈 수 있다는 듯, 아빠의 상태는 매번, 지난주보다 더 나빠지기만 한다. 재빨리 테오는 모든 것을 머리에 담는다. 성기 부근, 파자마에 묻은 달걀 자국 혹은 소변 자국, 턱수염, 냄새, 맨발로 신은 샌들, 너무 긴 발톱, 다른 인간의 존재에 적응하려 애쓰는 저 동공의 확장.

그러고 나면 그제야 아빠는 슬픔을 닮은 찡그린 미소를 짓는다.

전에는 테오를 자기 쪽으로 당겨 두 팔로 끌어안곤 했다. 그러나 지금은 감히 그리하지 못한다. 아빠한테서는 악취가 풍기고, 자신도 그 사실을 안다.

이어 아빠는 자기 침대로 돌아간다. 아니면 서재로 가서 컴퓨터 앞에 앉거나. 그는 초인적인 힘을 발휘해 몇 가지 질문을 던진다. 테오는 그 초인적인 노력이 천천히 진행되는 과정을 아주 세세하게 묘사할 수 있다. 진행 과정이 너무 느려 톱니바퀴와 기어에서 새어 나오는 불쾌한 삐걱임까지 감지할 수 있을 정도다. 질문들을 만들어내고, 그 질문들을 발음하기 위해 아빠에게 필요한 시간이다. 일종의 묵인된 의식처럼 중학교 생활이나 핸드볼 팀(테오가 1년 전에 그만둔)에 대해 물어 오지만, 아이의 답변에는 집중하지 못한다. 같은 질문을 두 번씩 하고 그저 이야기를 듣는 척만 하기 때문에, 매번 테오가 참지 못해 짜증을 내며 대화가 끝나버린다. 때때로 테오는 아빠를 혼란스럽게 만들어 부주의를 질책할 구실을 찾는다. 방금 했던 얘기를 반복해보라고 한 다음, 대충 머릿속에 저장한 몇 가지 단어를 가지고 다시 문장을 만들어내고자 헛된 시도를 거듭하는 아빠의 모습을 지켜보는 식이다. 사실 그렇게 못하는 건 아니다. 그러니 테오는 미소를 짓지 않을 수 없고, 별거 아니라고, 걱정하지 말라고, 다음번에 얘기해주겠다고 말한다.

조금 있다가 테오는 냉장고에 남아 있는 것들을 분류하며 썩거나 곰팡이 핀 음식을 버리고 유통기한을 확인할 것이다. 아빠의 침구를 모두 털고 창문을 열어 방마다 환기할 것이다. 세제가 남아 있다면 세탁기도 돌릴 것이다. 그리고 식기세척기도. 아니, 그보다 먼저 음식물이 남아 있는 그릇이나 너무 말라붙은 접시들부터 물에 담가놓을 것이다.

그런 다음엔 아빠의 체크카드를 들고 다시 내려가 현금인출기로 갈 것이다. 처음에는 50유로 인출을 시도해볼 것이다. 잔고가 부족하다면, 이번엔 20유로를 시도할 것이다. 그마저 안 된다면 10유로라도.

그러고는 몇 가지를 사러 프랑프리 상점에 갈 것이다.

돌아와서는 일어나서 씻고 옷을 입으라고 아빠를 설득할 것이다. 블라인드를 올리고 아빠의 방으로 가 말을 붙일 것이다. 아빠를 데리고 밖으로 나가 조금이라도 걷도록 해볼 것이다. 함께 영화나 텔레비전을 보자고 여러 차례 아빠를 거실로 불러낼 것이다.

아니면, 아무것도 안 할 것이다.

이번에는 너무 힘에 부칠 것 같다.

어쩌면 뭔가를 바로잡거나 제대로 돌아가게 해볼 엄두도 내지 못한 채, 그냥 흘러가는 대로 내버려둘지도 모르겠다. 더 이상 뭐라고 말해야 할지, 무엇을 해야 할지 모르기에, 이 모든 게 자신에게 얼마나 버거운지 알기에, 그리고 자신이 그만큼 강하지 않음을 알기에, 어쩌면 그저 어둠 속에 앉아 의자 다리 사이로 두 다리를 흔들어대기만 할지도 모르겠다.

언제부터 아빠가 일하지 않았는지 그는 기억할 수 없다. 2년 전? 아니면 3년 전? 어느 저녁에 그 사실을 엄마에게 얘기하지 않기로 약속했던 것은 기억난다. 만일 아빠의 실직 사실을 알 게 되면 엄마는 소송을 걸어 테오의 양육권을 다 가져갈 것이다. 아빠가 그랬다.

그는 침묵을 약속했다. 그런 이유로 가끔 전화하는 할머니나 이모에게도 아무 말 하지 않았다.

한때 아빠는 일을 아주 많이 했다. 사무실에서 늦게 퇴근했고, 저녁 시간 내내 컴퓨터 앞에 앉아 있었고, 밤을 새우는 날도 있었다. 어느 날, 회사에서 아빠를 내쳤다. 테오는 이 표현을 결코 잊을 수 없다. 내치다. 그는 곧장 아빠가 땅에 누운 모습을 상상했다. 승리나 점령의 표시로 상관의 장화 아래 바닥에 버티며 누워버렸다고. 사실 이 표현은 그의 아빠가 더는 회사에 돌아갈 권리가 없음을, 자기 서류에, 컴퓨터에 접근할 수 없음을 의미했다. 아빠는 실수를 저질렀을까? 그렇게 중대한 실수였나? 아빠에게 일어난 일을 이해하기에 그는 너무 어렸지만, 적어도 아빠를 끝장내버린 끔찍한 굴욕의 이미지만은 기억했다.

여러 달 동안 아빠는 일거리를 찾았다. 능력을 키울 수 있는 교육도 받았고, 영어 수업도 다시 받았다. 약속을 만들고, 면접도 봤다.

그러다가 외부와의 접촉이 조금씩 드물어졌다. 그리고 곧 다른 사람들과 유지했던 모든 관계가, 언젠가 경제활동을 재개하리라는 희망을 주던 모든 것들이, 집 밖으로 나오도록 그를 강요했던 모든 일이 끝나버렸다. 테오가 곧장 이 사실을 알아차린 것은 아니다. 왜냐하면 이런 단절은 — 변호사들의 중재나 그를 말 없는 증인으로 삼은 끝없는 싸움 속에서 여러 달에 걸쳐 서로를 찢어놓던 부모의 단절과는 달리 — 어떤 비극적 사건도, 어떤 소동도 만들지 않았기 때문이다. 처음에 아빠는 집 안에서 시간을 조금 더 오래 보내기 시작했다. 아침에도 그랬고, 오후에도 그랬다. 그는 아빠와 시간을 보내는 게 좋았다. 그들은 드라이브를 다녔다. 아빠는 한 손으로 운전대를 잡은 채, 우리 둘이 있으니 정말 좋지 않냐고 태평하게 말했다. 돈 문제가 해결되면 테오를 런던이나 베를린에 데려가겠다는 계획도 세웠다. 그러다 운전을 그만두었다. 차에 기름이 다 떨어졌기 때문이다. 아빠는 더 이상 집 밖으로 나서지 않았다. 아빠는 자동차를 팔았다. 그런 다음엔 침대 밖이나 거실의 소파를 떠나는 일을 최대한 자제했다. 이제 한 달에 100유로라는 조건으로 주차장 자리를 이웃에게 넘겼고, 그게 아빠의 수입 중 상당한 부분을 차지하게 되었다.

언제부터 그들이 나다니기를 그만두고 보드게임이나 주사위 놀이를 그만두었는지, 언제부터 아빠가 저녁을 준비하지 않고 오븐을 켜지 않았는지, 언제부터 아빠가 블라인드를 열지 않고 빨래를 하지 않고 쓰레기를 버리러 가지 않았는지, 테오는 모른다.

언제부터 할머니, 할아버지, 삼촌, 이모가 오지 않았는지, 언제부터 아빠가 약을 먹고 거의 씻지도 않은 채 온종일 잠에 취해 있었는지, 언제부터 그들이 20유로로 일주일을 버텼는지, 그는 모른다.

마
티
스

술을 마셨다는 사실을 엄마가 눈치채는 바람에 마티스는 주말 동안 친구들을 만날 수 없게 되었다. 엄마는 요령 있게 심문을 이어갔다. 외출이 허가되지 않는 자습 시간에 무슨 수로 학교 안에서 술을 마실 수 있었는지 알고 싶어 했다. 한 시간 일찍 끝난 거니? 허락 없이 외출했어? 몇 분 만에 마티스는 이야기를 전부 꾸며냈다. 반 여학생이 케이크를 만들려고 작은 럼주 한 병을 가져와서, 케이크 만들고 남은 술을 나눠 마셨어요. 맛은 약간 달고, 향이 있었고, 얼마나 마셨는지 주의를 기울이지 못했어요. 엄마는 중학교에서 여전히 케이크를 만든다고 믿는 그런 부류의 사람이다. 엄마는 테오도 같이 있었냐고 물었다(테오가 이 모든 일의 시발점이라고 엄마는 확신했다). 그 말에 능청스럽게 놀란 표정을 지으며 마티스는 아니라고 대답했다. 테오는 결석했어요.

엄마는 결국 포기했다. 이번만은 아빠에게 이르지 않을 것이다. 하지만 그는 경고를 받았다. 한 번만 더 이런 일이 일어난다면, 학교나 밖에서 술을 마신 걸 알게 된다면, 엄마는 망설이지 않고 말할 것이다.

마티스는 게임을 할 수도 없었다. 엄마가 휴대전화를 압수해서 아무와도 이야기할 수 없었다. 어차피 테오가 아빠 집에가 있는 주말에 그들은 한 번도 만난 적이 없다.

토요일 오후에, 마티스의 신발이 작아져서 그는 엄마와 함께 새 운동화를 사러 갔다. 상점을 나와서는 몽마르트르 묘지근처에서 친구와 함께 사는 누나 집에 들렀다. 엄마가 누나를 위해 산 물건들을 가져다주기 위해서였다. 소니아 누나 집에서 차를 마셨고, 그런 다음엔 걸어서 집에 왔다. 집에 오는 길에는 영화 포스터들을 살피며 보고 싶은 영화들에 관해 이야기했다.

오후 내내 마티스는 자신이 싫어하는 우울한 분위기가 엄마에게 퍼져 있음을 알 수 있었다. 자기 때문에 엄마가 우울하다는 생각을 떨칠 수 없었다. 엄마에게는 그만이 알아들을 수 있는 특별한 목소리의 음색이 있고, 마티스를 바라보는 엄마만의 시선이 있다. 아들이 하룻밤 새 어른이 되어버렸다는 듯, 아니면 세상의 반대편으로 떠날 준비가 되었다는 듯, 아니면, 그 자신도 자각하지 못하는 잘못을 저질렀다는 듯 엄마는 그를 바라본다.

월요일 아침, 학교 정문 앞에서 테오와 만났다. 친구는 주말 동안 머리를 굴렸고, 서둘러 그에게 계획을 들려주었다.

오페라 가르니에 공연 단체 관람 회비를 낼 때, 돈을 걷는 샬 선생님에게 테오는 엄마가 테러 위험 때문에 행사에 참여하지 않기를 원한다고 말했다. 이런저런 질문을 할까 잠시 머뭇거리는 게 느껴졌지만, 샬 선생님은 결국 그냥 넘어갔다.

마티스는 그게 사실이 아님을 안다. 엄마 때문이 아니다. 테오가 갈 수 없는 건 돈이 없어서다. 그리고 이런 일이 처음도 아니다.

엘
렌

학기 초 학생들이 작성해야 하는 서류의 일
반 정보 난에 아버지의 주소가 빠져 있음을 알게 되었다. 심지
어 사고 시 연락할 전화번호조차 없었다. 특별한 이유가 없더
라도 어머니와 면담해야겠다고 마음먹었다. 테오나 학교 인터
넷 홈페이지를 통하지 않고, 가능한 한 빨리 연락 바란다며 내
전화번호와 간략한 메시지를 적어 메일을 보냈다. 그녀는 그
날 당장 전화를 걸어 왔다. 목소리에서 근심이 느껴졌다. 그동
안 아무 회신이 없었던 건 테오가 엄마에게 보건교사의 메시지
를 전하지 않았기 때문이었다. 그녀가 처음부터 내게 그렇게
반감을 품은 이유를 알 수가 없다. 그녀는 다음 금요일까지 테
오가 아빠 집에 있을 거고, 오후 6시 이후라면 내가 편한 시간

에 올 수 있다고 했다. 다음 날로 약속을 잡았다.

교정 저 멀리서 베이지색 레인코트에 허리띠를 둘러맨 가냘픈 실루엣이 걸어오는 모습이 보였다. 머플러나 액세서리는 없었다. 그녀는 빠른 걸음으로 다가왔다. 옷의 색상이며 걸음걸이며 가방을 드는 방식이며, 모든 것에서 다른 사람들에게 좋은 인상을 풍기고 기대에 맞추고 싶어 하는 마음이 느껴졌다. 우리는 교정 한쪽에서 만나 함께 실습실로 올라갔다. 내가 상상했던 여자와는 조금도 닮지 않았다.

테오 이야기를 시작했다. 테오가 피곤해 보인다고, 너무 피곤해 보인다고 말했다. 점점 더 수업을 따라가기 힘들어한다고. 여러 번 보건교사에게 갔고, 마지막 쪽지 시험은 백지로 제출했다고. 처음에 그녀는 이해할 수 없다는 표정이었다. 아들의 성적은 좋은데 뭐가 문제냐는 것이리라.

내가 말했다. 부인, 문제는 아드님의 상태가 그리 좋지 않다는 거예요. 아이의 능력을 문제 삼는 게 아니에요. 저는 그 아이의 상태에 대해 말하고 있어요. 집중하는 걸 점점 어려워하거든요.

그녀가 몇 초 정도 나를 바라봤다. 이 사람이 어느 정도나 골치 아픈 부류일까 따져보는 것이다. 분명 시작부터 그녀는 일종의 위험성을, 당신이 뭔데 참견이냐는 말을 꺼내면 내가 어떻게 나올지를 가늠하고 있었다.

그녀는 직장에서라면 미미한 효과를 만들어냈을 수도 있을, 부드럽고도 단호한 목소리로 말했다.

"내 아들은 괜찮아요. 잠들기 힘들어하는 청소년일 뿐이에요. 또래 아이들처럼 하루 종일 모니터를 들여다보느라 그렇겠죠."

나는 그리 쉽게 포기하는 성격이 아니다.

"열두 살은 좀 일러요."

"며칠 있으면 열세 살이에요."

"테오가 아버지 집에서 지낼 때 어떻게 생활하는지 아세요? 규칙적인 생활을 하나요?"

그녀는 대답에 앞서 숨을 들이마셨다.

"남편과 헤어진 지 6년이 되었고, 서로 연락 끊고 지내요."

"테오 문제로도 연락을 안 하세요?"

"예, 테오는 다 컸으니까요. 돌아가며 돌봐요."

"그런 방식이 아이에게도 괜찮은가요?"

"전남편이 양육비를 줄여보겠다고 요구한 거예요. 그러면 돈을 안 줘도 되니까요."

이 여자를 향한 맹목적인 분노가 치밀어 올랐다. 도저히 억누를 수 없는 어둡고 사악한 무언가가 엄습했다. 가녀린 외모

저편에 자리한 완고함이 느껴졌다. 그녀가 자신의 안전지대로 물러서는 모습이 보고 싶었다. 기세가 꺾이는 것을 느끼고 싶었다.

"부인은 테오의 현장학습 참여를 반대하셨죠. 유감입니다. 현장학습은 학급이 단합할 수 있는 중요한 기회거든요."

그녀는 놀라움을 감출 수 없었다.

"그러니까, 테오가 현장학습에 참여하지 않았다는 말씀인가요?"

"한 번도요."

이제 조금 더 밀어붙이고 싶었다. 그녀를 불안정하게 만들고 싶었다.

"경제적인 문제라면, 저희 교무처에서 도움을 받아보실 수도……."

"돈 문제는 아니에요, 데스트레 선생님. 하지만 테오가 아빠 집에 있는 동안에는 그 사람이 돈을 내는 게 맞죠."

몇 초쯤, 그 말들의 반향이 가시기를 기다렸다.

"교장 선생님은 부인께서 학부모와 교사 회의에 한 번도 오시지 않아 놀라고 있어요."

"전남편을 만날지도 모른다는 생각에 가지 않았어요……. 저는…… 아마 그 사람을 보면 참을 수가 없을 거예요."

"부인 전남편도 한 번도 못 뵈었어요. 그런 회의에 대해 아버님이 알고 계실지조차 확실하지 않고요. 왜냐하면 부인께서 저희에게 아버님 연락처를 알려주시지 않았으니까요."

그녀는 잠시 머뭇거렸다. 상황을 이해해보려 애쓰는 눈치였다.

"서류는 테오가 직접 작성했어요. 학기 초에 개인 정보 기록지에 사인해달라고 했을 때 아빠 연락처가 빠져 있다는 걸 알긴 했어요. 예. 하지만 자기가 직접 적겠다고 한 거니까요."

동요가 느껴졌다. 그녀의 방어 체계에 의혹의 균열이 생긴 것이다.

그녀를 상처 입히고 싶었다. 냉랭하고 비아냥 섞인 말들이 머릿속을 스쳤지만, 어렵게 참아냈다. 몇 년 만에 느껴보는 감정이었다.

이 여자는 자기 아이를 보호하지 않는다. 그것이 나를 너무나 화나게 했다.

"전남편이 폭력적이었나요?"

"아뇨, 전혀요. 왜 그런 질문을 하시죠?"

나는 일종의 선을 넘어섰다. 선은 이미 내 뒤쪽 저 멀리 있었다.

"아세요, 부인? 아이들을 구멍 속이나 줄 끝자락에서 발견하면, 그땐 너무 늦은 거예요."

그녀는 마치 귀신 들린 사람을 보듯 나를 바라봤다. 주위를 둘러보며 목격자를, 도움을 줄 만한 사람을 찾았다. 하지만 벽에 하얀 칠이 되어 있고 타일이 깔린 실습실에는 우리밖에 없었다. 작업대와 현미경 한가운데, 병원 냄새를 연상할 수밖에 없는 세제 향이 공기 중을 떠도는 실습실. 구석에 자리한 개수대 수도꼭지에서 물방울이 마치 메트로놈처럼 규칙적인 간격으로 떨어졌다.

갑자기, 아무런 기미도 보이지 않던 그녀가 손으로 얼굴을 감싸고 울기 시작했다. 놀란 나는 서툴게 한발 빼보려 했다.

"들어보세요, 부인. 테오의 상황이 그리 좋지 않다고 본 선생님들이 여럿 계세요. 테오는 침잠하고 있어요. 탈선할지도 몰라요."

그녀는 가방 속에서 뭔가를 찾으며 계속 울었다. 모르겠어요, 전 모르겠어요만 반복했다. 교만함이나 가식은 찾아볼 수 없었다. 목 주변, 파운데이션이 제대로 발리지 않은 흔적이 눈에 들어왔다. 화장으로 감출 수 없었던 두 볼의 붉은 기운도 알아볼 수 있었다. 셔츠의 칼라는 약간 해졌고, 손은 나이에 비해 많이 거칠었다. 삶은 그녀에게 너그럽지 않았다. 꿈이 짓밟

힌, 그럼에도 잘해보려 애써온 여자였다.

별안간 그녀를 학교에 오게 했다는 사실이, 이런 식으로 시련에 빠뜨렸다는 것이 부끄러웠다. 게다가 납득할 만한 이유 하나 없지 않은가.

면담을 마쳐야 했다. 논쟁을 끝내야 했다. 이 순간을 정상적인 것처럼 보이는 상태로 되돌려야 했다. 마침내 그녀에게 클리넥스를 건넸다.

"제 생각에는 테오를 병원에 데려가봐야 할 것 같아요. 건강한지, 뭔가 결핍이 있는 건 아닌지 확인해보시는 게……. 테오가 너무 피곤해하는 게 걱정이에요. 이건 보건교사의 의견이기도 해요."

그녀는 무너져 내릴 때만큼이나 빠르게 냉정을 되찾았다. 다음 날로 의사와 약속을 잡겠다고 약속했다. 그리고 테오에게 현장학습에 관해서도 물어보겠다고 했다.

우리는 계단 밑에서 헤어졌다. 교정 한쪽으로 멀어져가는 그녀를 지켜보았다. 내가 자신을 따라오는지 확인이라도 하듯, 그녀는 철책 문을 넘어서기 전에 마지막으로 이쪽을 돌아봤다.

나는 가방에서 휴대전화를 찾아 프레데리크에게 전화를 걸었다.

벨이 울리자마자 그가 전화를 받았다. 나는 말했다. 바보 같은 짓을 했어. 정말 바보 같은 짓을.

테
오

테오는 맨 마지막으로 체육관에 들어섰다. 학생들은 매트 위에 둥그렇게 앉아 있었고, 베르텔로 선생님은 문 옆에 서서 지각한 학생들을 기다리며 의례적인 복장 검사를 했다.

베르텔로 선생은 운동복을 제대로 갖춰 입기를 바란다. 상하의 트레이닝복과 제대로 된 운동화. 편한 단화나 반짝이가 달린 신발과 헷갈려선 안 된다.

몇 주 전에 테오는 벌을 받았다. 같은 문장을 쉰 번이나 적어야 했다. 나는 화요일 2시 체육 시간에 운동복을 가져와야 합니다.

오늘 베르텔로 선생님을 지나칠 때, 선생님이 몸짓으로 그를 세웠다.

"운동복 없니?"

테오는 이번 주에 아빠 집에 있었다고, 그 전에 엄마 집에서 여기저기 찾아봤지만 허사였다고 설명했다.

"아빠 집에는 운동복이 없니?"

그는 없다는 뜻을 비쳤지만 선생님은 테오를 놔줄 생각이 없었다.

"아빠가 운동복 못 사주시니?"

그렇다, 그의 아빠는 운동복을 사줄 수 없다. 아빠는 실업 수당도 받지 못할뿐더러, 집 밖으로 나가지도 않고 좀비처럼 천천히 움직이는 사람이니까.

그런 얘기를 전부 다 해버릴 수도 있었다. 그렇게 해서라도 잠시나마 우위를 점하고 싶다는 생각이 테오의 머리를 스쳤을지도 모른다. 하지만 선생님이 완고하고, 논쟁에서 이기길 좋아하는 사람임을 안다. 게다가 선생님이 이 일을 심각하게 받아들일 수도 있었다.

선생은 계속 탄식한다. 지겹다. 전부 용납된다고 믿고, 거실에서 도미노 게임이나 할 때처럼 외출복으로 체육 수업에 오는 학생들이 정말 지겹다. 자기들을 대체 뭐라고 생각하는 걸까?

선생님은 여전히 길목을 막고 있고, 마침내 판결이 떨어진다.

"분실물 함에 가서 바지 하나 찾아 갈아입어."

명령이다. 그러나 테오는 움직이지 않는다.

"어서!"

그 상자에 딱 한 벌의 트레이닝팬츠가 있다는 걸 선생은 잘 알고 있다. 그리고 그 상자에는 10년 전부터 곰팡이가 피어 있다는 것도. 게다가 바지는 분홍색이고, 작다.

테오는 바지를 꺼내기 전에 마지막으로 따져본다. 그러고는 선생님에게 바지를 보여준다. 생각할 기회를 주는 것이다. 선생님이 마음을 바꾸길 바라며 손가락 끝으로 바지를 잡고 있다.

"그래, 그걸 입고 체육관 네 바퀴 달려."

테오는 바지에서 냄새가 난다고 중얼거린다.

"그래야 네가 물건을 끊임없이 깜빡한다는 사실을 깨닫게 되겠지."

선생님은 물러설 기미를 보이지 않는다. 더군다나 테오가 바지를 입고 네 바퀴를 뛰지 않는 한 수업을 시작하는 것은 어림도 없다.

탈의실로 간 테오는 몇 분이 지나서야 돌아온다. 분홍색 운동복 바지는 장딴지까지만 내려온다. 그는 킥킥거리는 웃음과 조롱을 각오하지만, 아무도 웃지 않는다. 마티스는 여러 번 되풀이해 말한다. 이건 아니죠, 선생님. 베르텔로 선생은 마티스에게 입 다물라고, 안 그러면 같이 벌을 받을 거라고 말한다.

학생들은 조용해졌다. 체육관이 이렇게 조용했던 적이 없다.

테오는 움직이기 시작한다. 천천히, 좁은 보폭으로, 그는 죽음 같은 침묵 속에서 선생님이 명령한 네 바퀴를 달린다.

볼까지 열기가 밀려오는 게 느껴진다. 이 정도로 수치심을 느껴본 적이 있는지, 그는 기억할 수 없다.

다른 학생들이 있는 곳에서도 바지 고무줄 단에 새겨진 바비 로고가 보일까?

네 바퀴를 다 돌 때까지, 어떤 웃음소리도, 어떤 말도 나오지 않았다.

그는 선생 앞에 가서 멈춘다. 선생은 매트에 책상 다리를 하고 앉아 있는 다른 학생들 사이로 들어가라고 손짓한다.

"좋아."

테오는 마티스 옆에 자리 잡는다. 마티스는 테오에게 미소를 보내려 고개를 들었다가, 친구의 코에서 피가 흐르는 것을 발견한다. 엄청난 양의 코피에 티셔츠와 바지가, 그리고 매트가 곧바로 얼룩진다. 여학생들이 소리를 지른다. 테오는 움직이지 않는다. 마티스가 보건교사에게 데려다주겠다고 한다. 그러나 베르텔로 선생은 로즈를 지목해서 테오를 데려다주라고 한다.

당황스러운 시선을 받으며 테오는 고개를 뒤로 젖히고, 코밑에 클리넥스를 댄 채 체육관을 빠져나간다.

그들이 나가자 베르텔로 선생은 10분 동안 피를 닦는다.

그날 저녁 테오가 집에 들어섰을 때, 아빠는 부엌에 앉아 있었다. 아빠는 비스킷과 잼을 꺼내고, 냄비에 우유를 붓고, 그릇에 코코아 가루를 부었다.

그런 상황에 처한 남자로서는 엄청난 노력에 노력을 더한 셈이라고 테오는 생각한다. 재앙의 경계를 넘어서지 않으려는 의지. 테오는 그것을 아빠에게서 몇 번이나 발견했다. 이는 아빠가 최악에서 멀어지고자 끝까지 매달려 있는 일종의 마지막 보루, 혹은 보이지 않는 그물이다.

테오는 식탁의 반대편에서 아빠를 마주 보고 앉았다. 코에는 솜을 말아 꽂아놓은 채였다. 학교를 나서기 직전에 보건교사가 갈아준 작고 하얀 동그라미. 아빠는 그것을 알아보지 못했을 것이다.

계속해서 침묵이 흐르자 테오는 오후에 얼마간 보건실에

있었다고 말한다. 아무 반응이 없자 잠시 후에는 운동복 바지가 없어 벌을 받았다고 덧붙인다. 분홍색 바지와 다른 학생들이 보는 앞에서 네 바퀴를 달린 이야기를 한다.

아빠의 눈에 광채가 어른거린다. 목과 이마에 작은 붉은 점들이 생겨나고 입술은 가볍게 떨린다.

테오는 아빠가 테이블을 주먹으로 내리치며 자리에서 벌떡 일어났으면 싶다. 모두 뒤집어엎고 그 선생 손좀 봐줘야겠다고 소리 지르기를, 잽싸게 파카를 집어 들고 쾅 소리를 내며 문을 닫고 아파트를 나서기를, 테오는 바란다.

그 대신, 눈물이 아빠의 볼을 타고 흘러내리기 시작한다. 손은 여전히 무릎 위에 놓여 있다.

테오는 아빠가 우는 게 정말 싫다.

머릿속에서 소리가 갑자기 증폭되더니 견딜 수 없는 주파수에 이르는 듯하다. 울고 있는 아빠가 못생기고 더럽다고 말하고 싶다. 못되게 굴고 싶다.

테오는 눈을 감고 공기를 들이마셔 목의 긴장을 푼다. 비통함을 몰아낼 때 그가 잘 써먹는 기술이다. 그런 다음 식탁에 굴러다니던 키친타월 조각을 내민다.

"별거 아니에요, 아빠. 걱정 말아요."

엘
렌

     화요일 저녁, 복도에서 중학교 2학년 B반
여학생들을 마주쳤다. 안 좋은 일이 있었는지 심각한 표정이었
다. 음모를 꾸미는 사람들처럼 속삭였지만, 학생들을 뒤흔든
감정은 곧 속삭임의 수준을 벗어났다. 내 귀에 전해진 단편적
인 말들 속에서 여러 번 테오 이름이 들렸다. 나는 다가갔다.
근처로 가자 다들 입을 다물었다. 에마와 솔린이 로즈 자캥 쪽
을 돌아봤다. 무리를 이끄는 아이다. 학생들끼리 수군거리는
내용을 전하는 일은 로즈의 몫이고, 이야기도 그 아이에게서
나오든 말든 할 터였다.
    학생들에게 어디 가냐고 물었다. 대화에 끼어들기에 썩 능
숙한 방식은 아니지만, 별수 없었다.

학생들은 체육관에서 나와 프레데리크의 수업에 가는 길이었다.

학생들 옆에서 B동 쪽으로 걸어가며 어떻게 이야기를 다시 이어가게 할지 고민했다. 하지만 그럴 필요도 없었다. 얼마나 화가 나 있었는지 아이들은 오래 견뎌내지 못했다. 로즈가 짐짓 용감한 태도로 테오 뤼뱅이 보건실에 갔다고 알리며 이야기를 시작했다.

"체육 시간에 일이 있었어요." 로즈는 한숨을 내쉬며 덧붙였다.

그러고는 자신이 만들어낸 효과를 음미하며 잠시 멈췄다가 말을 이었다.

"다른 애들이 보는 앞에서 혼자 달렸어요. 그런 다음엔 코피가 났고요. 아주 많이요. 여기저기 다 묻었어요, 선생님."

그다음 말은 들리지 않았다. 로즈에게 고맙다고 말한 뒤 자리를 떴다. 서두르지 않으려 노력해봤지만, 아이들의 시야에서 벗어난 순간부터는 더 이상 지체할 수 없었다. 발걸음을 재촉했다.

들어서기 전에 노크를 했다. 커튼이 쳐진 방은 반쯤 어둠에 잠겨 있었다.

학생용 침대 위에 누워 있는 테오가 보였다. 잠이 든 것 같았다. 보건교사가 칸막이를 젖히더니 자기 사무실로 가자는 신호를 보냈다. 인접한 작은 방의 문이 열려 있었다. 우리는 내내 작은 소리로 이야기를 주고받았다. 코피를 멈추게 하기가 힘들었다고 보건교사는 설명했다. 엄마에게 알려야 하는 게 아닌지 싶을 정도였다고. 아니요, 넘어진 게 아니에요. 갑작스레 몸을 움직인 것도 아니래요. 코피가 나기 시작한 건, 테오가 체육관을 조금 달렸을 때예요. 작은 보폭으로 달렸다니까 힘이 많이 들지는 않았을 거예요. 그 말밖에 하지 않았어요. 혈압이 낮았고, 피곤해 보였어요. 테오를 다시 진찰할 이유가 생겼기에 보건교사는 그렇게 했다. 뭔가를 찾아봤다. 그러나 아무것도 없었다. 상처 하나 없었어요. 그건 그렇고, 지난번보다 살이 빠졌더라고요.

테오를 볼 수 있을지 물었다. 보건교사는 내가 침대 옆에 다가가게 해주었다. 내 기척을 느낀 테오가 눈을 떴다. 아이의 얼굴은 아무것도 숨기지 못했다.

좀 어떠냐고 물었다. 좋아졌다는 대답. 부모님께 알리기를 원하는지 물었지만, 아이는 필요 없다고 말하며 몸을 일으켜 세웠다. 별것도 아닌 일로 엄마가 걱정할 거라고, 오후 수업이 거의 끝났다고, 음악 수업을 듣지 못했지만 그게 마지막 수업이라고, 이제 집에 가서 쉴 거라고 테오는 말했다.

나는 테오 옆에 조용히 서 있었다. 테오는 이불을 덮는 대신 그 위에 누워 있었다. 마치 이불을 더럽히거나 어지르고 싶지 않은 사람처럼. 티셔츠가 살짝 올라가 있어서 피부가 보였다. 골반이 튀어나온 부분, 아기 같은, 꼬마아이처럼 새하얀 피부, 연약하고 감동적인 피부, 투명할 정도로 섬세한 피부였다. 그때 아직 테오가 피 묻은 옷을, 끔찍한 바비 로고가 새겨진 체육복을 입고 있다는 걸 알았다.

"이 옷 네 거니?"

"아니요. 체육관에 있던 거예요. 제 것을 안 가져와서요."

몇 분 전만 해도 그의 시선을 끄는 데 성공했지만, 이미 끝났다. 아이는 다리 위로 이불을 끌어 올렸다.

"베르텔로 선생님이 이 체육복을 입으라고 했니?"

테오는 망설이다가 그렇다고 고개를 끄덕였다.

"그리고 다른 애들 앞에서 뛰라고도 했고?"

그는 대답하지 않았다.

"혼자서?"

소리 없는 고통이 얼굴에 비쳤고, 곧 아이는 눈을 감았다.

보건교사에게 고맙다고 말한 뒤 보건실을 나왔다. 쉬는 시간은 끝나 있었고, 이제 3학년 C반 마지막 수업을 해야 했다.

몇 분 전부터 교실에서 학생들이 기다리고 있을 터였다.

더 생각하지 않고, 엘리안 베르텔로 선생이 있을 체육관으로 방향을 잡았다.

학생들은 작은 그룹으로 나뉘어 이런저런 체조 도구들 주변에 모여 있었다. 베르텔로 선생은 이단평행봉 근처에 선 채 팔을 휘둘러가며 다리를 어떻게 움직여야 하는지 설명하고 있었다. 멀리서 보니 꽤 우스꽝스러운 모습이었다.

나는 빠른 걸음으로 나아갔다. 베르텔로 선생이 있는 곳에 도착하자마자, 분노에 찬 소리가 터져 나오기 시작했다. 입에서 날카로운 말들이 쏟아져 나왔다. 선생의 질겁한 표정도, 입술의 작은 떨림도 눈에 들어오지 않았다. 지체 없이 몰려든 아이들도 상관없었다. 내 주변에는 아무것도 존재하지 않았고, 무엇도 나를 멈출 수 없었다(그리고 몇 시간이 지난 뒤에는 내가 했던 말을 떠올릴 수가 없었다. 분노에 찬 소리만 기억 속에 남아 있을 뿐. 하지만 어제부터 수치심과 함께 말들과 이미지들이 나를 사로잡고 있다). 알고 있던 욕이란 욕은 단 하나도 빼놓지 않고 내뱉었던 것 같다. 어휘가 부족하진 않았다. 엘리안 베르텔로가 결국 내 뺨을 때렸다. 그제야 "선생님들이 싸우고 있어"라는 말이 들렸고, 우리가 보여주는 모습, 지금까지 볼 수 없었던 광경에 대한 학생들의 갈망을 알아챘다. 흥분이

부풀어 올랐고, 몇몇은 이미 핸드폰을 가지러 탈의실로 달려
갔다.

갑자기 현실이 권리를 되찾았다. 꿈이 아니었다. 환상도 아
니었다. 진행 중인 현실이었다. 나는 욕설을 퍼부어대며 엘리
안 베르텔로의 수업을 방해했다.

세
실

　　　몇 주 전 빌리암의 서재에 들어갔다. 뭔가 찾으러 갔던 건 아니다. 매일 아침 혼자 남으면, 나는 집을 한 번 둘러본다. 널브러져 있는 것을 정리하고, 화분에 물을 주고, 다른 문제가 없는지 확인한다. 전부 다 제자리에 있는지. 집안일을 하는 사람이라면 저마다 매일같이 자신만의 작은 일주를 경험할 것이다. 자신의 영토를 경계 짓는 방식이 있으며, 바깥과 내부를 가르는 지점을 알고 있으리라. 그렇게, 그날 아침에도 나는 언제나와 같이 집 안을 한 바퀴 둘러봤다.

　　퀴퀴한 담배 냄새 탓에 빌리암의 서재에는 도저히 오래 있을 수가 없다. 보통은 커튼을 열고 창문을 열어두었다가 오후 늦게 다시 닫으러 들어온다. 빌리암은 저녁 시간 대부분을 서재에서 보낸다. 그날까지만 해도 그가 신문을 읽거나 서류를 준비하는 시간이라 생각했다. 그런데 그날 아침에는 그의 방에 들어서자마자 휴지통의 구겨진 종이 뭉치가 눈에 들어왔다. 왜 그랬을까. 종종 휴지통에 종이가 있었지만, 종이를 주워보겠다고 몸을 수그릴 이유가 없었고, 읽어보겠다고 종이를 펼쳐볼 생각도 하지 않았다.

위에 그의 회사 로고가 있는 종이에 손으로 쓴 글자가 보였다. 공들여 쓴 문장이었다. 몇 군데는 수정을 하고, 몇몇 단어들은 다른 것을 바꾸고, 화살표로 어떤 문장을 문단의 끝으로 이동시켜야 한다는 표시도 해놓았다. 업무와는 상관없어 보이는 무언가의 초벌 원고였다. 나는 처음부터 끝까지 읽었다. 증오와 적의로 점철된 문장들, 믿기지 않는 신랄한 단어들을 읽고 또 읽으며, 당혹감에 사로잡혀 몇 분을 서 있었다. 빌리암이 이런 종류의 글을 쓸 수 있다는 사실이 믿기지 않았다. 불가능한, 생각조차 할 수 없는 일이었다. 그는 왜 이렇게 혐오감을 주는 글을 옮겨 적은 걸까? 그의 컴퓨터를 켜보려 했다. 어떤 형태로든 이 글을 컴퓨터 안에서 찾을 수 있으리라는 생각에 사로잡혔다. 그저 막연히, 어느 미치광이의 글을 옮겨 적은 내용이라는 생각. 그러나 비밀번호가 걸려 있어 컴퓨터에 접근할 수 없었다. 나는 종이를 손에 든 채 서재에서 나왔다. 두 다리로 서 있기도 힘겨웠다. 방에 가서 노트북을 들고 나와 소파에 앉았다. 생각을 하지 않고도 이런 행동들이 이어졌다. 나의 일부가 이 일을 모르는 채 덮어두려 애쓰는 사이, 이미 대답을 갖고 있는 또 다른 일부가 결국은 힘을 써서 우위를 점하는 것 같았다. 구글 검색창에 빌리암이 쓴 글 중 네 문장을 넣었다. 텍스트 전체가 나타났다. 그 페이지에는 습작에 표시된 수정 사항들이 전부 반영되어 있었다. 'Wilmor75'가 쓴 텍스트였다. 빌리암이 필명으로 만든 블로그를 앞에 두고 있음을 이해하기까지는 몇 분이 필요했다. 블로그에는 온갖 주제에 대한 자신의 감정과 생각과 코멘트가 주기적으로 남겨져 있었다.

이번엔 필명을 검색창에 넣어보았다. 정보 사이트와 토론 포럼에서 Wilmor가 쓴 10여 개의 메시지가 나왔다. 가혹하고 증오에 찬, 외설적이며 자극적인 코멘트들. SNS의 세계에서 그에게 작은 명성을 가져다주었을 그 말들. 구토감이 밀려왔지만, 몇 시간을 모니터 앞에서 경악하고 떨어가며, 이 페이지 저 페이지를 클릭하며 보냈다. 노트북을 덮자 목이 아팠다. 아니, 이곳저곳이 모두 다 아팠다.

오늘에야 이 장면을 묘사할 수 있다. 어떻게 또 다른 빌리암의 존재를 발견하게 되었는지 말이다. 처음엔 며칠 동안은 차마 입 밖에 낼 수 없는 몇몇 단어들을 제외하고는 아무것도 떠올릴 수가 없었다.

그랬다. 인종차별, 유대인 배척, 호모포비아, 여성 혐오를 암시하고 있음을 부인하기 어려운 글 곳곳에 보이는 혐오가 베어 있는 표현들. 내 남편 — 말하자면 나와 스무 해 넘게 살아온 이 남자 — 가 썼다고 생각할 수 없는 말들. 분란을 조장하는 악의 가득한, 그러나 유려한 그 글은 어쨌든 그에게서 나온 것이었다. 거의 3년 전부터 이 블로그를 관리한 이가 빌리암이라는 사실을 받아들이기까지는 시간이 필요했다. 매일같이 인터넷이 불을 지핀 다양한 이슈를 비롯해 정치와 미디어의 사건들을 이런 용어를 사용해 논평해온 것이다. 피하지 않고 이 문장들의 본질을 떠올리게 되기까지, 그러니까 펠셍베르 박사 앞에서 몇 가지 예시를 드는 정도에 그치지 않고 내 입으로 직접 그 단어들을 발음하기까지 쉽지 않은 시간을 보내야 했다.

빌리암이 이런 공포를 만들어 인터넷에 올릴 수 있다는 사실을 인정할 수 없었다. 하지만 그와 동시에, 내가 그 사실을 오래전부터 알고 있었다는 느낌도 들었다.

보지 않겠다고 거부했지만 알고 있던 것, 그러니까 아주 멀지 않은 곳에 묻혀 있던 것이 마침내 튀어나올 때의 평온함과 최악임이 분명히 드러날 때 느껴지는 안도감. 낯설다.

테
오

가벼웠던 구토감이 문득 거세진다. 머리가 두 손에서 떨어져도 그냥 내버려둔다. 이러면 안 된다는 건 안 다. 멀리 바라봐야 한다는 걸, 저 앞의 한 지점에 시선을 고정 해야 한다는 걸 알지만, 캐비닛을 앞에 두고 움츠린 채로 더는 움직일 수 없다. 식당 계단 아래 그들만의 은신처에는 시선을 미끄러뜨려 고정시킬 지점이 하나도 없다. 고개를 들자 머리가 더 흔들린다. 천천히, 규칙적으로 숨을 고른다. 토하면 절대 안 돼. 바로 그 순간, 이제 아무것도 중요하지 않다. 발각될 수 있 다는 두려움도, 캐비닛 뒤로 미끄러져 나가지 못할 거라는 두 려움도. 그저 이게 멈추기만을, 머리를 빻을 듯 짓누르는 것이 그 힘을 풀기만을 바랄 뿐이다.

그날 아침, 그는 아빠 집에서 3분의 1쯤 남은 오래된 마티니 한 병을 가져왔다. 설탕이 병 입구 주변에 말라붙어 뚜껑을 열기도 힘들었다. 지하철에서 가방에 코를 넣고 냄새만 맡아봤다. 그는 알코올의 감미로운 향이 좋았다. 지난번보다 더 쉽게 마실 수 있을 것 같았다.

빈속에 즉각적으로, 더 빠르게 취기를 느끼기 위해 점심은 거의 먹지 않았다. 마티스가 라틴어 수업이 있어서 그는 혼자다. 학생들 전부 교실이나 자습실에 들어가기를 기다렸다. 그러고 나서 계단으로 갔고, 누군가 지켜보는 사람은 없는지 확인한 뒤 은신처로 미끄러져 들어갔다.

종이 울렸다. 갑자기 강렬한 웅성거림이 복도를 휘덮었다. 웃음과 터져 나오는 목소리들. 이편에서 들으면, 그 모든 소리가 지하에서 울리는 것만 같다. 그만 감지할 수 있는 소리. 그 소리들이 평소와 달리 유난히 날카롭게 느껴진다. 몰려드는 학생들이 서로 교차하고, 리놀륨 타일에 신발 밑창이 마찰하고, 옷감들이 스치고, 매시간 반복되는 두통을 야기하는 공기의 이동. 보지 않아도 매번 그 움직임을 느낄 수 있는 한 편의 무도극. 열기가 갑작스레 머리까지 올라온다. 나갈 때까지는 조금 더 버텨야 한다. 토하지 않고 바닥에 누울 수 있게 되려면, 캐비닛 밑으로 기어들 수 있게 되려면 기다려야만 한다. 지금 당장은 안 된다.

복도가 비고, 소란이 조금씩 잦아든다. 그는 영어 수업에 늦을 것이다. 마티스는 걱정하기 시작할 것이다. 마티스에게는 은신처에 갈 거라는 얘기를 하지 않았다.

순간적으로 머릿속에 이런 생각이 스친다. 아무도 내가 여기 있다는 걸 몰라.

다시 조용해지고, 앉은 채로 그는 잠이 든다.

잠에서 깼지만 몇 시인지 알 길이 없다. 핸드폰은 배터리가 다되어 꺼졌다.

두 시간처럼 10분을 잤을 수도 있다.

아니면, 혹시 밤이라면? 학교 문을 닫았다면?

귀를 기울여본다. 멀리 교실에서 커다란 목소리가 들려온다. 안도의 숨을 내쉰다.

이제 머리가 떨어져서 저 멀리 굴러가는 느낌 없이 누울 수 있다. 이런 자세로 구토를 참아보려 천천히 숨을 쉰다. 등을 대고 미끄러진다. 적당한 각도로 자리를 잡고, 캐비닛 밑으로 슬그머니 들어간다. 움직일 수 있는 범위가 겨우 몇 밀리미터뿐이다. 튀어나온 아랫부분을 지나가는 순간에는 공포를 억눌러야 한다. 그 위로는 사실상 공간이 전혀 없다.

성공적으로 빠져나왔다. 비틀거리며 걷는다. 걸음을 뗄 때마다 바닥에 발이 빠지는 이상한 느낌이 들고, 한 발을 다른 발 앞으로 디디는 것이 힘들다. 앞으로 나아가려면 벽을 짚어야만 한다.

그는 패종시계를 본다. 영어 수업은 곧 끝난다.

마티스는 분명 지체하지 않고 나와 그를 찾으러 올 것이다.

화장실에 들어가자 갑자기 구토감이 다시 밀려온다. 그는 화장실 문을 닫는다. 혀 안쪽에 음식물 덩어리가 만들어졌다. 그걸 삼킬 수는 없다. 그 덩어리가 속을 메스껍게 만들고, 그러자 위가 수축된다. 변기에 갈색 액체를 토한다. 더 강하게 두 번째로 쏟아내며 그는 비틀거린다.

종이 울린다.

물로 얼굴을 씻고 입을 헹굴 시간은 있다. 또다시 쉬는 시간의 잡음이 복도에 밀려든다.

그는 넘어지지 않기 위해 세면대를 붙잡는다. 머리가 다시 돌아가기 시작한다.

다가오는 목소리와 웃음소리가 들린다.

다시 화장실로 들어간다. 아무도 보고 싶지 않다.

벽에 등을 대고 바닥으로 미끄러진다. 반쯤 앉은 자세가 될 때까지. 그렇게 변기 옆에 그대로 머문다.

다시 조용해지자 마티스의 목소리가 들린다.

마티스가 여기 있다. 마티스가 그를 찾는다. 그를 부른다.

엘
렌

무슨 일이 있었던 건지 확인하기 위해 교장이 우리 — 2학년 B반 담당 교사들 모두 — 를 불러 모았다. 나와 엘리안 베르텔로와의 삼자대면이면 족했을 텐데, 내가 이미 문제 제기를 했던 테오 뤼뱅과 관련한 일로 벌어진 언쟁이라는 점에서 느무르 선생은 모두를 참석시키는 편이 낫겠다고 생각한 모양이다.

전체 교사 앞에서 그는 내 태도가 차마 입에 담기도 힘들다는 사실을 내내 상기시켰다. 우리 학교 같은 중학교에서 이런 식의 돌발 행동은 용납되지 않았다. 엘리안 베르텔로는 나를 교육청과 경찰에 고발하겠다고 위협했지만, 결국엔 생각을 고쳐먹었다. 그녀는 모든 동료 앞에서 다시 사과할 것을 요구했다. 승리에 젖어 입을 비죽이며 웃는 모습을 바라볼 수밖에 없었다. 그래봐야 내 태도를 조금도 정당화할 수는 없겠지만, 어쨌든 그녀가 테오에게 가했던 처벌을 떠올려보라고 했다. 너무 작은 분홍색 바비 트레이닝복을 입고 다른 친구들 앞에서 뛰라고 요구하는 건 열세 살짜리 남학생을 모욕하는 게 아닌가요? 엘리안 베르텔로는 뭐가 문제인지 전혀 알지 못했다. 더 정확하게, 그녀는 그 일이 어떤 점에서 굴욕을 주는지조차 몰랐다……. 그녀의 얘기에 따르면, 반복해서 잊어버리는 테오의 행동은 그야말로 도발이었다. 테오가 자신의 성질을 돋우고 싶어 한다는 것이다. 프레데리크가 나를 옹호하는 발언을 했다. 망설임 없이 당당한 목소리로, 자연스러운 권위에 대해 부드럽게 설명했다. 좀 더 고민해볼 여지가 있지 않을까요? 최근 테오는 피곤해 보이고, 심지어 멍해 보이기까지 했어요. 자진해서 보건실로 숨어들기도 했지요.

엘리안 베르텔로는 마침내 자긴 이 소년이 마음에 들지 않는다고 말했다. 심지어 그에게 어떤 반감을 느낀다고. 교장은 그런 식의 방어에 눈에 띄게 불쾌감을 드러내며, 학생들을 좋아하라고 요구하는 게 아니라고, 다만 자신의 교과목을 가르치며 공정성을 보여야 한다고 지적했다.

다른 선생들은 끼어들지 않았다. 느무르 선생이 각자의 의견을 물었을 때, 그들은 테오 뤼뱅을 집중시키기가 어렵고 몹시 위축된 학생인 건 사실이나, 어떤 특이 사항을 발견하지는 못했다고 입을 모았다. 그 이상은 없었다. 에리크 귀베르는 아침에 등교한 테오가 자신의 마지막 수업에는 들어오지 않았음을 언급했다. 게다가 좀 더 세세히 따지자면, 그동안도 여러 차례 수업에 빠졌는데 한 번도 정당한 이유를 대지 않았다고 했다. 프레데리크는 수업 중 〈마술 피리〉 일부를 들려주자 테오가 울었다는 얘기로 자기 차례의 발언을 마쳤다. 끝으로 보건교사의 보고를 교장이 큰 소리로 읽었다. 어쨌든 그는 모든 교사가 약간의 관심을 기울여주길 바란다고 했다.

교장이 우리 중 그의 부모를 만난 사람이 있는지 물었을 때, 나는 불안에 사로잡혔다. 더 생각해보지도 않고 나는 다른 사람들처럼 만나지 않았다고 대답했다.

믿을 수 없다는 듯 나를 바라보는 프레데리크의 시선이 느껴졌다. 그의 입술이 살짝 벌어졌지만, 그 눈빛이 말을 걸고 질문을 던지는 대상은 바로 나였다. 엘렌, 왜 진실을 말하지 않지?

교장은 학생의 인적 사항을 받았고, 그 역시 자료마다 아버지의 주소가 빠져 있다는 걸 알아챘다. 그는 교무주임인 나딘 스토퀴에에게 가능하면 두 부모 주소를 전부 채워 넣어줄 것을 요구했다.

회의는 거기서 끝이었다. 누구도 더 이상 할 말이 없었다.

우리가 교장실에서 나오자, 프레데리크가 나를 따라왔다. 잠시 그는 내 곁에서 조용히 걸었다. 그러다가 이윽고 손을 내 어깨에 올려(그 즉시 육체에 흡수된 순간적인 충격, 짧은 방전) 나를 멈춰 세우고 말을 꺼냈다.

"그 애 엄마 만났다는 얘기, 왜 안 했어?"

나도 알 수 없었다. 몇 주 전과는 달리, 회의 테이블에 있던 사람들 하나하나가, 또 학교 밖, 그러니까 거리나 지하철이나 아파트 입구에서 만나는 사람들 하나하나가, 내 적이 된 것 같았다. 내 안에 있던 것, 여러 해 동안 잠들어 있던 ─ 나 자신이 규칙적으로 마취약을 주입한 듯 얕은 가수면 상태와 꼭 마찬가지로 ─ 두려움과 분노가 뒤섞인 무언가가 내 안에서 깨어난 것이다.

이렇게 폭력적이고도 영향력이 큰 방식으로 이런 감정을 느끼는 건 처음이다. 힘겹게 참고 있던 분노가 나를 더 이상 잠 못 들게 한다.

그랬다, 그 애 엄마에게 면담을 요청했다는 얘기를 하지 않았다. 교장이 금방이라도 그 사실을 알게 될 위험이 있는데도,

거짓말을 했다며 나를 질책할 위험이 있는데도, 또 물론 내가 이 일에 너무 깊게 개입했다고 결론 내릴 위험이 있는데도. 그건 사실이다.

프레데리크는 걱정한다. 테오 엄마가 내 조언에 대해 항의하러 올 수도 있다며 신경이 쓰인다고 했다. 그의 관점에서 보자면, 나는 이유도 없이 테오 엄마를 불러 비이성적인 방식으로 경고를 한 셈이다.

그의 두 팔에 안기고 싶다. 몇 분이나마 내 몸의 무게를 그의 몸에 기울일 수 있도록. 기댈 수 있도록. 그의 체취를 마시고 그 등과 어깨의 근육을 느낄 수 있도록. 긴장을 놓을 수 있도록. 그래, 물론 오랫동안 그러고 싶지는 않지만.

고등학교 시절, 수업이 끝나도 집에 돌아가고 싶었던 적이 없었다. 나는 내 몸의 움직임에 이끌려 이곳저곳을 떠돌며 되는대로, 멈추지 않고 걸었다. 분노는 좀처럼 가라앉지 않고 온몸의 피부 아래서 나를 때렸다. 피곤을 느끼지도 못했고, 집으로 돌아갈 수도 없었다.

늦게서야 집에 들어서면, 난 옷을 입은 채 그대로 침대 위에 푹 쓰러졌다.

세
실

며칠 전, 부엌에 있다가 마티스 때문에 깜짝 놀랐다. 집에 오는 소리를 듣지 못했는데, 어느새 마티스가 내 뒤에 있었다.

"엄마, 혼잣말하는 거예요?"

나는 몹시 당황했다.

"아니야, 아들. 저기 아래층 이웃과 얘기하고 있었는데, 안 보이니?"

아이는 잠시 의혹의 시선을 보내다가, 이내 웃어버렸다. 마티스는 제 아빠의 유머 감각을 물려받았다. 제 아빠에게 여전히 유머 감각이 있다면 말이지만. 아이는 찬장을 열어 간식거리를 찾았다. 무엇을 알고 싶어 하는 눈치는 아니었다.

조금 뒤 몇 번 말을 돌리는 듯싶더니 다음 주말에 테오가 집에 와서 자도 되는지 물었다. 나는 대답을 망설였다. 토요일 저녁에 빌리암과 친구 집에 저녁 초대를 받은 터라 아이들 둘만 두는 게 마음에 걸렸다. 생각해보겠다고, 아빠에게 얘기해보겠다고 말했다. "아빠한테 얘기해볼게." 종종 꺼내는 이 문장이 오늘은 더없이 부조리한 울림을 전한다. 열세 살 소년은 이런 바보 같은 말을 어떻게 생각할까? 나를 남편의 통찰력에 의존하는 아내라고 생각할까? 남자가 여자를 이긴다고 생각할까? 모든 것을 결정하는 이는 빌리암이라고? 내가 스스로의 결정을 책임지지 않기 위해 있는지 없는지도 모를 권위 뒤에 숨는다고? 아빠와 내가 모든 것을 함께 공유한다고? 나 자신이 가엾게 여겨졌다.

커플로 살고 있든, 혹은 한때 커플로 살았든, 누구나 상대가 수수께끼라는 걸 안다. 나도 안다. 그래, 맞아, 알고말고. 상대의 일부가 단호하게 빠져나간다는 것. 상대는 자신만의 비밀을 지키는 수수께끼 같은 존재라는 것. 침울하고 연약한 영혼이라는 것. 상대는 자신 안에 어린 시절의 일부와 비밀스러운 상처들을 숨기고, 고통스러운 감정과 어두운 심정을 억누르려 한다. 상대는 다른 모두와 마찬가지로 자기 자신이 되는 법을 배우고, 스스로를 합리화하는 일에 몰두하기 마련이다. 그렇게 알 수 없는 상대는 자신만의 비밀스러운 작은 정원을 가꾼다. 그래, 물론, 이 모든 것을 나는 오래전부터 알고 있다. 세상 물정 모르는 애송이가 아니니까. 나는 책과 여성지를 읽는다. 하지만 무익한 말들과 흔해빠진 이야기들은 어떤 위안도 주지 못한다. 알 수 없는 상대, 우리와 함께 살고 잠들고 먹고 사랑을 나누는 바로 그 사람, 같은 생각을 하고 의견을 일치시키고 나아가 조화를 이룬다고 생각하는 바로 그 사람이, 가장 비열한 생각을 숨기고 수치심으로 우리를 물들이는 낯선 존재로 드러나는 이야기는 어디에서도 읽어본 적이 없다. 악마와 계약을 맺은 것만 같은, 근원을 알 수 없는 상대의 이런 부분을 발견한다면, 뭘 어떻게 해야 할까? 우리를 둘러싼 배경의 이면이 하수도의 곰팡내 풍기는 늪지에 잠겨 있음을 알게 될 때 무엇을 할 수 있을까?

동그랗게 구겨진 종이를 줍지 말았어야 했다. 나도 안다. 달콤하고 맹목적인 무지 속에 머물러야 했는데. 달리 방법이 없다면, 스스로를 안심시키고 축복하고 다독여가며 나 자신에게 계속 말을 걸었어야 했는데.

하지만 언제까지?

순수의 시대는 정말로 지나가버렸다. 나는 확인하지 않을 수 없었다. 매일 아침 마티스가 학교에 가고 빌리암이 출근하자마자, 나는 컴퓨터로 달려들었다. 먼저 그의 블로그로 시작하는데, 블로그에는 글이 불규칙하게 올라온다. 이어 몇몇 사이트와 포럼을 둘러본다. 여기에는 거의 매일 코멘트가 달린다. 하루에 여러 번 남기는 날도 있다. 토론이 시작되면 무익한 공격성이 경쟁적으로 증폭되는 와중에 그가 다른 이들에게 답변을 단다. 인터넷 세상에서 Wilmor75는 멸시를 뿌리고, 독을 내뱉는다. 비난을 피하기 위해 뒤틀린 은유와 능숙한 암시를 사용한다. 드나드는 사이트의 성격에 따라 자신의 글을 조절할 줄 알고, 그래서 결코 괴롭힘을 당하지는 않았던 것 같다.

이런 단어들로 글을 쓰는 사람을 나는 몰랐다.

남편은 그런 사람이 아니다. 남편은 이런 유의 어휘를 사용하지 않는다. 남편은 이런 글에서 스며 나오는 악취 가득한 오물을 자기 안에 두지 못한다. 그는 지극히 훌륭하게 성장한 사람이다. 유복하고 교육을 잘 받은 집안 출신이다. 아니야, 내 남편은 엄청난 쓰레기를 방출하고 그 안에서 뒹구느라 저녁 시간을 보내는 사람이 아니야. 비꼬고, 망신을 주고, 모든 것을 혐오하는 그런 부류의 사람이 아니야. 남편은 더 잘할 수 있는 게 있어. 매일 저녁 홀로 떨어져 상처에서 악취 나는 고름을 빼내는 그런 사람이 아니야.

남편은 재미있고, 재치 있고, 멋있는 사람이었다. 그의 냉정함과 순발력이 나는 좋았다. 그는 말을 잘했다. 빛나고 관대한 사람이었다. 그는 내게 크고 작은 많은 이야기를 들려주었다. 다른 이들의 삶에, 그리고 내 삶에도 관심을 쏟는 사람이었다.

펠셍베르 박사 앞에서, 한밤중에 나를 사로잡은 배신감에 대해 설명해보려 한다. 그렇다, 빌리암이 나를 배신했다. 빌리암은 싸움박질에 안달이 난, 닥치는 대로 파괴할 준비가 된 자신의 일부를 내게 숨겼다. 그 일부는 빌리암이 생각하는 것, 혹은 그가 생각한다고 주장하는 것과는 반대로 글을 쓴다.

펠셍베르 박사가 나를 꼼짝 못 하게 몰아붙인다. 빌리암이 내 삶 전체, 내 어두운 지대까지 속속들이 다 알고 있는지 그는 묻는다.

물론 아니다. 그렇지만 이건 다른 얘기다.

"아, 그런가요?" 그는 짐짓 놀란 얼굴을 한다.

"고백하지 못한 판타지나 비밀의 정원에 대해 얘기하는 게 아니잖아요. 이건 공공 영역에 엄청나게 쏟아내는 오물에 대한 얘기예요."

"부인에게 숨겼다는 건, 남편도 그걸 수치스럽게 생각한다는 뜻 아닐까요?"

"그게 아니라면, 내가 그걸 이해하지 못할 정도로 멍청하다고 생각한다는 뜻이거나요. 이 일이 있기 전까지 빌리암은 아무런 거리낌 없이 나를 끌어들이곤 했어요."

"무엇에요?"

"현실과의 작은 타협요."

"그게 뭐죠?"

"모든 커플이 밀봉하고 있는 것들요, 제 생각엔 그래요."

"예를 들면요?"

그는 질문 같지도 않은 것으로 나를 성가시게 한다. 그럼에도 나는 대답한다.

"대부분의 커플은 암묵적인 규범과 관례에 순응해요. 안그런가요? 일종의 두 존재를 묶어주는 무언의 계약이죠. 그 결합 기간이 얼마나 되든, 둘이서 그럭저럭 되는대로 만들어낸 방책에 대한 얘기예요. 암묵적 합의 같은 거요. 현실과의 화해, 그래요, 가령 진실 그 자체와의 화해랄지."

"그게 무슨 소리죠?"

"그러니까, 예를 들어 저녁 모임에서 남편이 부부 혹은 가족에게 일어난 일화를 이야기해요. 서로 첫눈에 반한 그 밑을 수 없는 순간이며, 신혼여행 전날 시작된 항공사 파업, 1999년 폭풍이 몰아치던 날 새 자동차를 타고 북쪽으로 가던 중 국도에서 있던 일, 아니면 인터넷을 통해 빌린 휴가지 숙소가 실상은 전혀 다르고 물도 나오지 았았다든가, 혹은 빌레트 공원의 커다란 미끄럼틀에서 딸이 떨어졌던 날 같은 얘기들요. 요컨대 남편은 함께 겪었던 일을 얘기하죠. 자신의 역할을 부각시키고 싶은 듯 약간 미화하고, 나아가 몇 가지 감정적인 요소들을 덧붙이면서요. 이야기가 더 재미있고, 더 감동을 주도록 과장을 하는 거죠. 이야기를 바꿔버리는 거예요. 그렇게 함으로써 자신의 거짓말이 아내의 거짓말이 된다는 전제를 만들죠. 아내가 입을 다물고 자신의 공모자가 되리라는 전제가 붙는 거예요. 그리고 실제로 아내는 그렇게 하고요."

"그런가요?"

"박사님은 안 그러세요? 부인이 약간 말을 덧붙이려고 하면 다른 사람들이 있는 자리에서 부인에게 따지나요?"

(펠셍베르 박사의 반지를 보고 나는 그가 결혼했다는 것을 안다.)

그는 웃는다. 나는 여세를 몰아 더 나아간다.

"저는 이 암묵적인 계약이 모든 커플에게 있으리라 생각해요. 정도는 다르겠지만요. 기밀 유지 조항은 제법 길 거예요.

그리고 새롭게 해석된 그 위업들은 일종의 가족 소설을 만들면서 끝나요. 서사시의 탄생이죠. 시간이 어느 정도 지나면 그들도 그걸 믿게 되니까요."

펠셍부르그 박사는 아무 말이 없다.

그 순간, 나는 지금까지 늘어놓은 이야기의 결론인지, 아니면 내가 더 이어갈 논증의 시작인지 스스로도 알지 못한 채 한 문장을 덧붙였다.

"사실 커플은 악인들의 조합이에요."

그는 몇 초쯤 기다렸다가 입을 열었다.

"문제는 이번 일에 부인이 엮이지 않았다는 거군요. 게다가 그러기를 바라지도 않고요. 왜냐하면 이 이야기는 계약에 없는 사항이니까요. 결국 이번엔 남편이 부인을 끌어들이고 싶어 하지 않았던 겁니다. 부인이 공모하길 바라지 않았던 거죠."

"맞아요. 문제는 내가 그 사실을 알았다는 거예요."

그 말을 끝으로 박사는 상담을 마무리한다.

나는 그의 전문가다운 개입과 은밀한 전략을 깨닫기 시작한다. 그는 수준 낮은 아포리즘과 그 숨은 의미만으로도 나 혼자서 문제를 해결할 수 있을 거라 생각한다. 그게 길을 내줄 거라고.

그렇다, 우리는 악인이다. 틀림없이. 우리가 생각하는 대로 나아간다면. 우리는 쉼 없이 협상하고, 양도하고 타협하며, 자식들을 보호하고, 부족의 법칙을 준수하고, 얼버무리고, 작은 음모를 꾸민다. 그런데 언제까지? 언제까지 상대의 공모자가 될 수 있지? 언제까지 상대를 따라야 하고, 상대를 보호하고, 감싸고, 나아가 알리바이로 사용해야 하는 걸까?

이것이 펠셍베르 박사가 내게 묻지 않았던 질문이다. 내 말 속에 들어 있던 질문, 그리고 결국엔 틀림없이 내 발목을 붙잡으며 끝날 질문.

그래, 나는 남편을 사랑한다. 어쨌든 그렇게 믿는다.

그러나 그를 사랑하기가 점점 너무 어려워진다.

사람들은 그렇게 많이 변하는 걸까? 언젠가 스스로 드러낼지 모를, 이름 붙이기 힘든 무언가를 다들 숨기고 있는 걸까? 열을 가하면 스스로 그 모습을 드러내는 은현잉크로 쓴 불결하고 추잡한 글처럼, 다들 자신 안에 몇 년 동안이나 거짓된 삶을 이끌어갈 수 있는 조용한 악마를 감추고 있는 걸까?

저녁 식탁에서 남편을 관찰한다. 그러면서 나 자신에게 묻는다. 저 안에 있는 괴물이 그의 냄새를, 그의 방식을, 내가 알아볼 수 없었던 그 분노의 메아리를 받아들이게 만든 걸까?

아니면 내가 변한 걸까? 그를 쓴맛 나는 존재로, 독을 잔뜩 품은 존재로 만든 게 혹시 내가 아닐까?

마
티
스

이게 그렇게 재미있는 일인지 이제는 잘 모
르겠다.

처음에는 테오와 숨어들 때마다 등을 따라 이어지는 전율
이며 빨라지는 심장박동, 그리고 아드레날린이 방출하며 몸
전체로 퍼져 나가는 것이 느껴졌다. 캐비닛 뒤에 숨어, 두 친구
는 취기를 맞이했다. 그는 어린 시절 엄마가 회전목마를 태워
줬을 때, 또 헬리콥터를 태워줬을 때, 정신이 나갈 때까지 끝도
없이 오르락내리락하며 느꼈던 흥분과 유사한 것을 느꼈다.

하지만 이제는 그다지 내키지 않는다. 들킬까 봐, 캐비닛 뒤
에 갇힐까 봐, 테오처럼 구토할까 봐, 그리고 술을 마신 것을
엄마가 또 알게 될까 봐 두려웠다. 테오에게는 이 두려움을 도

저히 털어놓을 수 없었다. 그만 마시는 게 좋겠다는 얘기를 하지 못했다. 왜냐하면 술을 마시고, 감시망을 빠져나가고, 홀로 남겨지는 순간을 찾아내는 것, 마시는 양을 늘리고, 더 빨리 마시는 것밖에 테오의 머릿속에는 없었으니까. 그들이 친해지기 시작했을 때 함께 만들고 즐겼던 다른 놀이들은 테오 홀로 스스로에 맞서는 놀이에 자리를 내줬다. 마티스는 예전이 그립다. 카드를 교환하고, 같이 잡지를 읽고, 좋아했던 영화나 비디오에 대해 이야기를 나누던 시절이. 어떻게 이 일이 시작된 건지 이젠 기억도 잘 나지 않는다. 어떻게 술이 나왔는지 모르겠다. 맨 처음은 아마 위고였을 거다. 위고가 제 형이 조금 남긴 술병을 발견했고, 가방에 그것을 감췄다. 그들은 돌아가면서 마시고 엄청 웃었다.

술 마시기는 일종의 놀이였다. 처음에는 그랬다. 둘만이 공유하는 은밀한 놀이.

이제 테오는 그것 말고 다른 생각은 못 한다. 학교에 들어서자마자, 마티스는 친구의 절박한 질문에 대답해야만 한다. 돈을 구했는지, 작은 병이라도 구했는지, 그 병 안에 술이 얼마나 남았는지.

2주 전 테오는 할머니에게서 20유로짜리 지폐 한 장을 받았다. 그들은 위고의 형 밥티스트를 통해 위스키 큰 병 하나를 주문했는데, 아직도 받지 못했다.

오늘은 데스트레 선생님이 식물원으로 현장학습을 가겠다고 한 날이다. 자연사박물관에 가서 〈생명체를 어떻게 분류할까?〉라는 프로그램에 참석하기로 했다.

떠나기 전에 선생님은 학생들을 불러 모아 길을 잃을 경우를 대비해 자신의 전화번호를 입력하라고 했다. 모두 함께 학교를 나섰다. 지하철역까지 걸었다.

테오는 오지 않았다. 마티스는 실망했지만, 그래도 프로그램은 무척 흥미로웠다. 다양한 종의 동물을 관찰했고, 동물의 공통적인 특성과 과학자들이 동물 종을 어떻게 구분하는지도 배웠다.

마티스는 수의사가 되고 싶다.

걸어서 학교로 돌아오는 길에 데스트레 선생님이 그에게 질문을 건넸다(학생들이 이탈하고 흩어지지만 별문제는 아니다. 어차피 현장학습에서 돌아와 모두 출석 확인을 해야 하니까). 선생님은 테오가 왜 현장학습에 전혀 참여하지 않는지 궁금해한다.

그 애가 뭔가를 두려워하니? 혹시 현장학습 참여를 막는 사람이 있니?

마티스는 예의를 갖춰 모른다고 답한다.

선생님은 말이 없다. 그는 무슨 말이든 덧붙여야만 할 것 같다. 아마 돈이 없어서 그럴 거예요.

그는 조금 멀리 떨어져서 걷고 있는 여학생 무리에 끼고 싶지만, 데스트레 선생님은 그가 빠져나가게 내버려둘 마음이 없다. 선생님에게는 다른 질문들이 있다. 선생님은 테오가 우울하고 피곤해 보인다고 말한다. 몇 분 동안 마티스는 혹시 선생님이 그들이 하는 짓을 알아챈 게 아닐까, 혹은 무언가 의심하는 게 아닐까 생각하지만, 선생님은 테오 집에 가본 적이 있는지, 그의 부모님을 뵌 적이 있는지를 알고 싶어 한다. 마티스는 최대한 짧게 대답해보려 애쓰면서도, 데스트레 선생님이 걱정하고 있음을 간파한다.

학교에 점점 가까워지고 선생님이 내내 옆에서 걷는 동안, 자신에게서 멀어지는 수수께끼의 정답을 찾는 사람처럼 자기만의 생각에 잠겨 있던 마티스는 문득 아무런 설명도 없이 이렇게 입을 열 참이다. "테오는 죽으려는 사람처럼 술을 마셔요." 한참 전부터 그의 머릿속에서 맴돌던 문장. 무겁고 심각한, 차마 입 밖에 내기 힘든 말.

로즈가 갑자기 그들을 따라잡더니, 다음번 쪽지 시험은 현장학습에 관한 거냐고 묻는다.

데스트레 선생님은 한숨을 쉬고서 말한다. 아니, 시험은 없어.

마티스는 침묵을 지킨다.

너무 늦었다.

테오를 아빠 집에 데려다준 날 보았던 것을 선생님한테 이야기해야 했는데.

집에 들어간 것은 그때가 처음이었다. 그 전까지 테오는 그를 집으로 올라오게 하지 않았다. 테오를 만나러 올 때마다, 마티스는 아래서 기다려야했다.

테오 혼자서 캐비닛 뒤로 들어간 그날이었다. 테오는 럼주를 마시고 아팠다. 결국 그 안에서 빠져나와 화장실에 가서 토했다. 마티스가 화장실에서 테오를 발견했을 때, 그는 혼자 서 있지도 못했다. 마티스는 그를 부축하고, 사물함에서 소지품 챙기는 것을 도와준 다음 계단으로 이끌었다. 함께 지하철을 탔고, 구토감 탓에 가는 길에 여러 번 내렸다. 그들은 천천히 아파트까지 갔다. 입구에 도착했을 때 테오는 마티스를 올라오지 못하게 했지만, 그 혼자 걸을 수는 없었다. 결국 그는 마티스에게 건물 현관 비밀번호와 호수를 알려주었다.

마티스가 문에 열쇠를 넣었다. 아파트 안은 어둠에 잠겨 있었고, 커튼도 쳐져 있었다. 이내 냄새가 목까지 곧장 전해졌다. 자극적이고 퀴퀴한 공기. 오래전부터 창문을 열지 않은 듯했다.

테오가 외쳤다.

"아빠, 저예요! 친구랑 왔어요."

조금씩 마티스의 눈이 어둠에 익숙해지고 주변을 분간하기 시작했다. 이렇게 지저분한 곳은 처음이었다. 방 한가운데서부터 통로까지 바닥 여기저기 내팽개친 듯 물건들이 잔뜩 널려 있는 모양이, 마치 시간이 멈춘 것만 같았다. 빵 부스러기와 빈 요거트 병, 더러운 포크와 나이프, 쌓아 올린 접시들, 색색의 액체가 바닥에 말라붙어 있었다. 소파 옆에 놓인 접시에서는 먹다 남은 피자가 딱딱하게 굳어갔다.

테오는 어설프게 움직이며 널려 있는 것을 정돈하려 했지만 잔을 깨뜨릴 뻔하고서 곧 그만두었다.

쓸데없는 짓이다.

테오 아빠가 맨발로 거실에 나타났다. 커튼 틈으로 들어오는 가느다란 빛만이 거실을 비출 뿐인데도, 그는 강렬한 불빛에 적응할 때처럼 눈을 가늘게 떴다. 엉덩이까지 축 늘어진 바지를 입었는데, 잠옷인지 운동복인지 마티스로서는 알 수 없었다. 할머니가 선물로 준 인류 역사에 대한 만화책에서 본 혈거 인 같았다.

마티스는 엄마가 알려준 대로 예의를 갖춰 자기소개를 하고 바로 입을 다물었다. 테오의 아빠가 무서웠다. 그는 테이블에 앉아 아이들을 차례로 바라봤지만 자기 아들의 상태를 알아채지 못했다. 탐지기라도 가진 것 같은 마티스의 엄마였다면 결코 그냥 넘어가지 않았을 텐데.

"그래, 다들 별일 없지?"

테오는 마티스 쪽으로 몸을 돌려 그만 가보라고 했다.

그는 여기까지 올라와줘서, 자기와 함께 와줘서 고맙다고 몇 번이나 말했다. 하지만 어쩌면 아무 생각 없이 내뱉은 말들인지도 몰랐다. 그는 마티스가 가버리길 바랐다. 그가 다시 오지 않길 바랐다. 테오는 수치스러웠고, 마티스 또한 친구의 수치심을 자기 것처럼 느꼈다.

테오의 아빠는 명상을 하는지, 자신을 돌아보는 중인지, 눈을 내리깐 채 기묘한 자세로 움직이지 않았고 아무 말도 하지 않았다.

그 순간 마티스는 가스레인지를 발견했다. 불 하나가 세게 켜져 있었지만, 프라이팬이나 냄비 같은 건 보이지 않았다. 그가 있던 자리에서도 가스가 연소하는 소리를 들을 수 있었다.

자리에서 일어나기 전 마티스는 테오 아빠를 흘긋 바라보았다. 그의 피부는 이상한 빛깔의 거스러미로 덮여 있었고, 손은 떨리고 있었다. 작은 것 하나도 잊을 수 없을 것 같았다. 왜 그런 생각이 들었을까? 아마도 바로 몇 미터 앞에 쓸데없이 켜진 채 춤을 추는 불길이 있는데 아무도 그것을 알아보지 못하는 것 같아서였을까.

마티스가 일어나서 말했다.

"저기, 가스 불이 켜져 있는데……."

그러자 테오가 아빠 쪽으로 가더니 아이를 혼내듯 말했다.

"아빠, 또야? 뭐 요리할 생각이었어?"

테오의 아빠는 대답이 없었다. 그의 시선은 다가갈 수 없는 아주 거대한 무엇인가에 흐려져 있었고, 두 입술이 만나는 지점엔 침이 말라 있었다.

테오는 가스레인지로 다가가 불을 껐다. 변명조로 테오 아빠가 말했다.

"추워서."

마티스가 물 한 잔 마실 수 있을지 물어서 테오는 어쩔 수 없이 전등을 켜야 했다. 테오는 물방울이 뚝뚝 떨어지는 잔을 들고 마티스 쪽으로 왔다. 그는 눈빛으로 그들 사이에 침묵을 이끌어냈다.

테오는 마티스를 출구로 몰아냈다. 마지막으로 고맙다는 인사와 함께 문이 다시 닫혔다. 마티스는 손에 여전히 잔을 쥐고 있었다. 초인종을 누를까 망설였지만, 결국 현관 발판 앞에 잔을 내려놓았다.

그는 다시 지하철을 타러 갔다.

걸어가면서 그는 소니아와 함께 뱅센 숲에서 돌멩이를 줍던 어린 시절을 떠올렸다. 그는 돌멩이들을 다친 참새라고 얘기하곤 했다. 조심스럽게 그것들을 잡아 손가락 끝으로 쓰다듬었고, 때로는 기운을 북돋워주기 위해 대화를 건네기도 했다. 고쳐주겠다고, 키워주겠다고 약속했고, 곧 날 수 있을 거라고 말했다. 이윽고 돌멩이가 손바닥의 열기를 빨아들이면, 그래서 기력을 차린 듯싶으면, 그는 막 구해준 다른 돌멩이들로 채운 주머니 속에 그것을 넣었다.

테
오

       단 몇 초 만에 그가 있는 자리의 분위기까
지 바꿔놓을 정도로, 엄마는 늘 그렇게 예민한 사람이었을까?
그는 모른다. 그는 이제 텔레비전 앞에 있는 엄마에게 몸을 바
짝 붙이지 않는다. 잘 자라고 인사하며 엄마의 목을 두 팔로
감싸지도 않는다. 엄마의 볼을 만지려 하지도 않는다. 그는 이
제 엄마를 안지 않는다. 그는 자랐고, 엄마의 몸에서 멀어졌다.
    울지 않게 된 이후로, 엄마는 늘 긴장한 얼굴로 입술을 삐
죽 내민 채 무언가를 찾는 눈빛이다. 엄마는 경계하고, 방어하
고, 대담하고, 싸울 태세를 갖추고 있다. 엄마는 아무것도 포기
하지 않는다. 그는 엄마가 웃는 모습을 거의 보지 못한다. 그리
고 어쩌다 그런 일이 일어나면 — 지난주 엄마 친구가 저녁을

먹으러 왔을 때처럼 — 그는 갑자기 더 젊어지고, 더 온화해 보이는 엄마의 얼굴에 경탄한다.

무엇보다 그가 알아챈 것은 엄마가 간직한, 결코 해소되지 않는 증오의 덩어리다. 그는 증오가 엄마의 내부에 있음을 안다. 몇 마디 말이면 그것을 둘로 나누고, 그 안에 있는 검은 피가 철철 흘러넘치게 만들 수 있음을 안다. 이 증오는 썩어버린 상처의 결과물임을 그는 안다.

아빠 집에서 일주일을 보낸 뒤 엄마 집으로 돌아오면, 빨래 바구니에 빨래를 넣고 샤워를 해서 적의 흔적을 모두 다 지운 다음에야 엄마와 마주할 수 있다. 그리고 매번, 바로 이 순간에 그는 엄마에게 다가가고 싶다. 낮은 목소리로 모든 것을 고백하고 싶다. 아빠 때문에 얼마나 두려운지, 자신을 짓누르고 아래로 끌어당기는 어두운 힘 때문에 얼마나 괴로운지 엄마에게 말하고 싶다. 아빠가 다시 돌아올 수 없는 위험한 지대로 매일매일 다가가고 있다는 걸 그는 안다.

그는 엄마의 품으로 숨어들고 싶다. 생생한 엄마의 향기를 맡으며 진정하고 싶다. 그러나 매번 그는 엄마의 뻣뻣한 등에, 가지런히 내려온 두 팔에, 긴장한 목에, 날카롭고 재빠른 몸짓에 부딪친다. 엄마는 그를 안아줄 수 없다. 엄마는 오로지 한

가지 사실, 치욕의 나라에서 온 아들을 자신의 영역에 받아들이는 일에 사로잡혀 그를 거북하게 바라볼 뿐이다.

그래서 이번에도 그만둔다.

아무 말도 하지 않으리라.

별일 아니야. 잘될 거야. 아빠는 좋아질 거야. 내가 아빠를 도울 거야.

다음 주에는 겁을 먹지 않을 거야. 구겨진 종이들과 쌓아둔 그릇들을 방치하지 않을 거야. 수세미로 식탁을 닦고, 빈 요거트 병을 버려야지.

그런 다음 컴퓨터를 켜고 전문 사이트에서 아빠를 위한 일자리를 찾아볼 것이다. 선택 기준을 입력하고, 전화를 걸어 아빠의 면접을 잡을 것이다.

때로 그는 생각한다. 어른이 되는 수고가 정말 그만큼 가치가 있을까? 할머니 말마따나, 손톱만큼의 가치라도 있을까? 중대한 결정을 내려야 할 때, 할머니는 자를 대고 긴 선을 그어 '장점'과 '단점'이라는 칸을 만들어 양쪽을 채워보았다. 어른이 되는 문제는 어떨까? 두 개의 칸은 똑같은 길이로 채워질까?

대부분의 음식물과 달리 알코올은 소화가 되지 않는다. 알코올은 소화관에서 혈관으로 곧장 이동한다. 단지 극소량의 알코올만이 장의 효소에 의해 대사화, 말하자면 더 작은 입자로 부서진다. 나머지는 위벽이나 가느다란 장을 지나 핏속에서 순환하기 시작한다. 몇 분 안에 피는 알코올을 몸 전체로 전달한다. 데스트레 선생님 수업에서 배운 내용이다.

그 효과를 가장 빠르게 인지할 수 있는 기관은 바로 뇌다. 머릿속에 자리한 걱정과 두려움이 종종 사라진다. 걱정과 두려움은 일종의 현기증에, 혹은 몇 시간이고 유지되는 흥분에 자리를 넘긴다.

하지만 테오는 다른 것을 원한다.

그는 뇌를 일종의 대기 모드 상태로 유지시키고 싶다. 무의식의 상태. 그에게만 들리는, 난데없이 밤에 들리기도 하고 때로는 벌건 대낮에도 들리는 그 날카로운 소리가 끝내 멈추기를 바란다.

그러려면 피에 4그램의 알코올이 필요하다. 그의 나이라면 조금 적어도 상관없으리라. 인터넷에서 읽은 정보에 따르면 뭘 마시느냐, 얼마나 빠르게 마시느냐에 따라 달라진다.

알코올성 혼수상태. 그런 이름으로 부른다고 한다.

그는 이 단어들을 좋아한다. 그 소리를, 약속을 좋아한다.

그 누구에게도 빚진 것 없이 사라지는 순간, 어김없이 지워지는 순간이라는 약속.

하지만 매번 그 순간에 다가갈 때마다, 그는 마지막에 이르기 직전에 전부 게워내곤 했다.

엘
렌

　　또 학교에서 소동이 일어났다. 식당 계단
아래 비어 있는 공간을 막아둔 캐비닛 뒤로 학생들이 기어들곤
했던 모양이다. 청소부가 그곳에서 지난주에는 보이지 않았던
종이들을 발견했는데 계단에서 던져진 것이 아닌 게 분명하다
고 했다. 그녀의 말을 빌리자면 이번이 처음도 아니었다. 교장
은 곧바로 입구를 막기로 했다. 시멘트 포대 두 개를 캐비닛 아
래 밀어 넣었다. 그로서 학생들은 우리의 감시를 벗어날 마음
을 먹지 못할 테고, 다른 한편 누군가 그 공간에 몸이 끼어 위
험에 처할 가능성도 없앤다는 처사였다. 문제의 장소를 보았
을 때, 내게는 그 통로로 드나든다는 게 정말 불가능한 일로 여
겨졌다. 저 밑으로 기어 들어가려면 호리호리하고 민첩해야 했

으리라. 그리고 정말로 숨을 이유가 간절했을 터였다.

이 일이 최근 며칠 우리의 소우주를 뒤흔든다. 다들 자기 나름의 분석이나 가정을 내놓는다. 관심을 다른 데로 돌릴 필요가 있다.

그날 프레데리크는 교문 앞에서 나를 기다리고 있었다. 그는 나와 대화를 하고 싶어 했다. 화요일마다 우리는 같은 시간에 일을 마친다. 내가 정말 긴장되고 피곤해 보인다고 그는 말했다. 나를 이런 상태로 몰아붙인 것이 그 사건 때문인지, 아니면 다른 무엇 때문인지 모르겠다고. 내 강박이 일깨운 무엇인지, 아니면 내 강박을 깨운 무엇인지. '강박'이라는 단어는 그의 표현이다. 그리고 일부러 그런 단어를 사용한다는 것을 눈치챌 만큼 나는 그를 충분히 안다.

몇 해 전 프레데리크가 나를 안았다. 끔찍한 학급 운영 회의가 끝난 뒤였다. 3학년 E반의 다른 선생들과 여러 번 의견 충돌이 있었다. 나는 지쳐 있었다. 분명 막다른 길이 될 게 뻔한데 군이 그쪽으로 방향을 트는 학생들을 지켜보는 일에 진이 빠졌다. 자리가 남아 있다는 이유로, 비용이 덜 든다는 이유로, 학부모가 학교에 들이닥쳐 물의를 일으킬 위험이 없다는 이유로 아이들을 방치하는 행태가 진절머리가 났다. 학급 운영 회의 동안 나는 여러 차례 제지당했다. 기가 막혔고, 분했고, 그래서 항의했다. 논쟁에 뛰어들었을 때 프레데리크가 나를 지지했다. 우리는 세 학생과 관련한 요구 사항을 관철했다. 그들의 선택이 아니라 임의로, 안일하게, 혹은 일종의 포기로 진로 지도를 받을 수 없었던 학생들이었다. 회의를 끝내고 나오며 프레데리크가 한잔하자고 제안했다. 그렇게 했다. 오래전부터 그가 마음에 들긴 했지만, 기혼자라는 걸 알고 있었다. 그의 아내는 둘째가 태어난 후 심각한 병으로 고통 받고 있었다. 그가 없을 때면 교무실에서 지금도 공공연히 그런 얘기가 오간다. 그가 아픈 아내를 나 몰라라 할 그런 사람이 아니라는 얘기도.

우리는 작은 승리를 축하하기 위해 몇 잔을 마셨다. 회의에서 오고 갔던 말들을 굳이 흉내 내가며 떠든 다음엔 서로의 삶에 대한 이야기를 나눴다.

밤늦은 시각, 지하철역으로 가는 길에 프레데리크가 나를 끌어안았다. 그렇게 한참을 있었다. 그가 내 허리께를, 내 엉덩이를, 내 머리를 쓰다듬던 것이 기억난다. 꽃무늬 치마의 반질반질한 옷감 너머 그의 성기가 내 허벅지 위에서 단단해지는 것이 느껴졌다. 키스를 하지는 않았다.

이게 우리 관계의 시작이었을 것이다. 우리 둘에게 너무나 위험한 관계였다. 며칠 지나 그는 내게 말했다. 자기는 사랑에 빠지고 싶지 않다고.

이 얘기를 친구들에게 들려주자 다들 웃었다. 남자의 변명. 결혼한 남자들의 전형적인 방식이지. 우리가 잠자리를 했다면 그런 말이 어쩌면 사실일지도 모르겠다. 그러나 우리는 그러지 않았다.

우리는 연대하고 공모하는 동료가 되었다. 같은 신념을 나누고 싸움을 함께했다. 필요할 때 함께 맞서는 관계. 그 정도면 충분하다.

우리가 서로의 타액을 나눈 사이는 아니라 할지라도, 프레데리크는 나를 안다. 그러나 그는 틀렸다. 걱정해야 할 사람은 내가 아니다.

세
실

이런저런 상황 탓에, 빌리암과 함께 그날 저녁 모임에 참석하기까지 한참을 망설였다. 공공연하게 그의 곁에 있어야 한다는 생각과 사람들에게 우리 부부를, 혹은 우리가 아직 부부인 모습을 보여줘야 한다는 생각, 그리고 이런 코미디에 나 역시 공모자가 된다는 생각 때문에 소름이 끼쳤다. 그러나 빠져나갈 적당한 변명거리를 찾지 못했다. 우리는 아주 가끔씩만 외출했다. 이 또한 마찬가지로 차츰차츰 진행된 일이다. 사람들의 초대가 점점 뜸해졌고, 영화관에 발길을 끊었고, 이젠 레스토랑 근처에도 가지 않았다. 우리의 사회생활이 언제 끝나기 시작했는지 모르겠다. 다른 많은 것들이 그렇듯이, 이게 — 뜸해지고 고갈되고 가라앉게 된 것 — 언제

시작되고 중단되었는지 나는 대답할 수 없다. 마치 나 자신이 낯선 무감각 상태, 일종의 마취상태에 있다가 빠져나온 것처럼 이 모든 일이 일어났다. 그리고 이런 질문이 끝도 없이 맴돌았다. 왜 이제야 알았을까?

우리가 여전히 외출하곤 했던 지난 시절에 빌리암은 매번 트집 잡을 무언가를 찾았다. 사람들이 말이 너무 많다고, 심각하게 군다고, 질문을 하지 않는다고. 그가 항상 틀린 것은 아니었다. 사실대로 말하자면, 우리는 사람들을 초대하는 일이 거의 없었다. 빌리암은 누군가 우리 집에 오는 것을 싫어했다. 우리가 사는 장소를 보여주고 우리 내부로 들어오게 하면 우리의 기만이 탄로 날까 봐 두려워한 듯싶다. 정확히는 나의 기만이. 그가 미처 주의를 주지 못한 사소한 행동과 실수, 나의 출신 계층이 탄로 날까 두려운 것이다. 내가 속해 있던 계층의 사람들은 언어뿐만 아니라 취향에 있어서도 실수를 저지르니까. 물론 그가 놓친 실수들도 있으리라. 생각을 강요하는 것은 (당연히) 잘못이 아니다. 그러니 그가 판단하기에 아파트에 어울릴 것 같지 않는 물건 몇 개를 창고에 가져다두라고 요구했던 것도 잘못은 아니다. 어쨌든 빌리암은 누군가 집에 오는 걸 정말 싫어했다. 신혼 초부터. 그는 늘 뭔가 마음에 들지 않았다.

이번 모임은 업무상의 만찬 자리였다. 그에게 중요한 모임이라고 남편은 말했다. 우리를 초대한 샤를은 그와 같은 그룹을 위해 일하지만 다른 계열사 소속이다. 그의 아내 아나이스는 기업법 전문 변호사다. 그 부부를 두세 번 정도 만났지만, 그렇다고 친구는 아니었다. 몇 달 전 이사를 한 그들은 새집에 우리를 꼭 초대하고 싶어 했다. 그래서 마티스와 테오를 남겨둔 채 우리는 저녁 8시쯤 집을 나섰다. 결국 아들은 어려움 없이 요구를 관철했다. 외출을 해야 하는 마당이니, 아이 홀로 집에 남겨두기보다는 친구를 초대하는 편이 나았다.

아나이스와 샤를은 우리가 모르는 다른 부부를 초대했다.

우리는 낮은 테이블 주변에 자리를 잡고 식전주를 마셨다. 이런저런 안부를 나누었고, 이어 늘 그랬듯 나는 투명 인간이 되었다. 익숙하다. 구체적으로 말하자면, 시나리오는 항상 똑같다. 대개 사람들은 내게 두세 번의 질문을 던진다. 내가 일을 하지 않는다고 대답하면 대화는 다른 이에게로 슬그머니 넘어가고, 결코 내게는 돌아오지 않는다. 사람들은 가정주부에게 삶이 있다는 사실을, 관심사가 있다는 사실을, 적어도 할 말이 있다는 사실을 상상하지도 못한다. 우리를 둘러싼 세상에 대해 가정주부도 감각적인 문장으로 말 할 수 있고, 의견을 만들어 낼 수 있다는 사실을 그들은 상상조차 하지 않는다. 마치 가정주부는 그 단어의 정의에 따라 집에만 있어야 하고, 오랫동안 산소도 없이 고통 받으며 살기 때문에 그들의 뇌는 느리게 작동한다고 생각하는 듯, 그렇게 모든 일이 굴러간다. 게다가 초대받은 다른 사람들은 여기 세상과 문명에서 물러선 채 순수하게 실용적이거나 가정적인 주제를 제외하고는 진정한 대화에 절대 낄 수 없는 이 한 사람을 참아내야만 한다는 모종의 두려움이 있다. 그렇게, 순식간에 나는 모임에서 배제된다. 아무도 내게 말을 걸지 않는다. 나를 쳐다볼 생각조차 하지 않는다. 아주 빈번히, 나는 벽의 그림 속으로, 혹은 벽지의 패턴 속으로 빨려들어가고, 도망칠 구석만 찾아다니다가 사라지곤 한다.

사실 빌리암은 여러 가지 이유로 나의 침묵을 좋아한다.

그런데 그 토요일, 저녁 식사 중에 남편이 이야기를 꺼냈다. 빌리암은 언제나 자신에게 관심이 집중되는 상황을 즐겼다. 테이블 주변이 조용해지면서 시선이 자신에게 쏠리고 다들 흥미로운 기색을 드러내는 순간을 좋아한다. 집단적 충성의 형태. 허공을 떠돌던 내 정신은 멀리서 그의 말을 따라갔다. 지방의 심포지엄에 참석했다가 아주 술을 많이 마신 어느 저녁에 대한 이야기였다. 그는 몇몇 동료들과 함께 밖에 나와 있었다. 모두 얼근하게 취해 있었는데, 같은 심포지엄에 참석했지만 잘 모르는 어느 젊은 여성이 그들 앞을 지나쳐 갔다. 그들 중 한 명이 우스갯소리를 할 작정으로 그 여자를 불러 세웠다.

그 여자에 대해 말하는 빌리암의 말투가 나를, 내가 숨어들어 있던 내부의 그 익숙한 부유 상태로부터 끄집어냈다.

"······세상에, 그 여자가 엉덩이에 힘을 팍 주더라니까!" 내가 온전히 대화로 돌아온 순간 그가 내뱉은 말이었다.

모두가 웃었다. 여자들까지. 여자들이 이런 농담에 웃는다는 사실이 여전히 놀랍다.

"아, 그래? 여자가 엉덩이에 힘을 줬다고? 그게 놀랄 일이야?" 내가 그의 말을 자르고 끼어들었다.

나는 그에게 대답할 시간조차 주지 않았다.

"왜 그랬는지 설명해줄까?"

이것 보라고, 이런 여자가 내 아내라니, 운명의 장난이지. 이렇게 말하고 싶은 사람처럼 그가 다른 사람들을 향해 시선을 던졌다.

"왜냐면 당신네 남자들이 인적 드문 골목에 몰려 있었으니까. 텅텅 빈 이비스 호텔과 캉파닐 호텔이 엎어지면 코 닿을 데 있었으니까. 그래, 빌리암, 그건 분명 남자들과 여자들의 본질적인 차이일 거야. 여자들이 몸에 힘을 줄 수밖에 없는 아주 당연한 이유를 만들어낸 근본적인 차이 말이지."

거북한 침묵이 테이블을 떠돌았다. 나는 빌리암이 망설이고 있다는 걸 알 수 있었다. (그가 못 견뎌하는 내 말투가 튀어나와 친구들 앞에서 우스운 꼴을 당할 위험을 무릅쓰고라도) 대체 무슨 말을 하고 싶은지 따져 물을지, 아니면 그저 손을 흔들어 내 말을 저지하고 이야기를 계속해야 할지 그는 망설이고 있었다. 마침내 그가 애써 관대한 투로 물었다.

"무슨 말이 하고 싶은 거야, 자기?"

(저 자기라는 게 그가 SNS에서 자신에게 반박하는 여성들에게, 혹은 자신의 글을 읽고 항의하는 여성들에게 답할 때 사용하는 호칭이라는 말도 덧붙여야 할까? 가령 이렇게 말이다. "자기, 주변을 둘러봐, 대부분의 남자들은 호모들이야." "자기, 그러다 유대인 약사한테 강간당할걸. 그게 그 사람들 전문이거든.")

나는 빌리암뿐 아니라 그 모임의 다른 두 남자를 향해서도 물었다.

"한밤중에 누가 봐도 취해 있는 한 무리의 젊은 여성들을 마주치면, 당신들도 엉덩이에 힘을 주나요?"

침묵이 눈에 보일 정도로 짙어졌다.

"물론 아니겠죠. 그 어떤 여자도, 죽을 만큼 취했다 해도, 자기 손을 당신들 성기나 엉덩이에 대지 않으니까요. 당신들을 따라가면서 성희롱을 하지도 않으니까요. 남자와 섹스를 하겠다거나, 항문에 뭔지 모를 것을 집어넣겠다고 길거리나 다리 밑이나 호텔 방에서 남자에게 덤벼드는 여자는 아주 드무니까요. 그게 이유예요. 그러니까 새벽 3시에 무리를 이룬 네 남자 앞을 지나갈 때면 어떤 여자든 긴장할 수밖에 없다는 사실을 알란 말이에요. 엉덩이에 힘만 주는 게 아니라, 눈도 마주치지 않으려 하죠. 공포나 도발을 야기하는 행동, 뭔가 자극할 만한 모든 행동을 피하려고요. 여자는 앞만 바라봐요, 발걸음을 빨리하지 않으려 주의를 기울이면서. 그리고 마침내 엘리베이터에 혼자 남겨지고 나서야 다시 호흡을 가다듬는 거죠."

빌리암은 놀라서 나를 바라보았다. 그의 입가에 그려진 쌉쌀한 주름. 자판을 두드릴 때, Wilmor는 분명 이런 표정을 짓고 있으리라.

"자기야, 나오는 대로 말하지 마. 당신, 절대 혼자 나다니는 일도 없잖아. 더군다나 밤에는."

"지금이라도 혼자 다녀보려고. 멋진 저녁 모임 감사드립니다. 그런데 대화가 좀 지루하다는 말씀은 드려야겠네요. 하기야, 차에서 내가 두 시간 안에 집에 갈 수 있을지 물었더니 이 사람도 그러더군요. '아, 정말 맘에 안 드는 인간들이야!' 그렇지, 자기?"

몇 분 뒤, 나는 거리에서 혼자 웃고 있었다.

처음으로 규칙을 위반했다. 남편과의 계약을 깨버렸다. 여러 번 이 장면을 연습해봤다는 얘기는 해야겠다. 그래, 맞아, 그랬지. 집도 아닌데 나는 혼잣말을 했다. 심지어 웃음을 터뜨리기까지 했다! 어쨌든 많은 사람들이 혼잣말을 하지 않는가. 택시를 잡기 전에 조금 걸었다. 택시 뒷좌석에 앉으며 또 웃었다.

이 장면을 펠셍베르 박사에게 말할 작정으로, 이동하는 내내 어떤 단어와 표현을 써서 묘사해야 할지 그려보았다.

바보 같은 짓이었지만, 마침내 그에게 말할 것이 있다는 생각에 정말 행복해졌다.

10시 30분, 집에 들어섰다.

아이들은 내가 이렇게 일찍 오리라 생각지 못하고 있었다.

둘은 소파에 앉아 리얼리티 쇼를 시청하던 중이었다. 발치에는 위스키 한 병과 코카콜라 두세 캔, 그리고 플라스틱 잔들이 놓여 있었다.

아이들은 열쇠 돌리는 소리도 못 들었다. 나는 그들 뒤로 다가갔다. 아이들은 아주 즐거워하고 있었다. 테오는 글자 그대로 바닥을 데굴데굴 구르다시피 했다. 쇼 프로그램의 주인공이 한 이야기가 엄청나게 웃겼나 보다.

마침내 내가 온 것을 깨닫자 마티스의 표정이 바뀌었다. 술 때문에 억제하지 못한 웃음이 순식간에 공포로 변했다. 아이들이 웃음을 멈췄다. 마티스는 잔을 치우고, 범죄의 흔적들을 지워보려 했다. 테오는 소파 위에 다시 앉았다. 그는 무언가를 할 수 있는 상태가 아니었다. 마티스는 테오보다 덜 취한 것 같았다. 그 사실이 나를 아주 조금 안심시켰다. 재난의 사다리에서 더 높고 낮은 자리가 무슨 의미일까.

누가 술을 가져왔는지 물었다.

테오가 망설임 없이 자신이라고 대답했다.

일종의 자부심을 갖고, 마티스를 보호하려는 듯, 마치 혼자서 내 분노를 받아내겠다고 결심한 듯, 그가 내게 마주 섰다. 반면에 마티스는 내내 불안해하며 정돈하는 시늉을 했다.

술을 어디서 샀는지, 무슨 돈으로 샀는지 물었다. 얼마나 마셨는지도. 열두 살 반짜리 아이가 술을 마신다는 사실을 네 부모님도 아시니? 아이에게 이렇게 매정하게 이야기하기는 처음이었다. 그는 더 이상 아무 말도 하지 않았다. 그 아이의 따귀를 때리고 싶었고, 지체 없이 문밖으로 쫓아내고 싶었다. 아니면 택시를 잡아 아이를 집으로 보내거나. 하지만 차 안에서 쓰러지면 어쩌나 두려운 마음이 들었다. 테오는 서 있는 것조차 힘들어했다.

위스키 병을 앞에 둔 채, 마티스는 자기들 의지와 상관없이 벌어진 우발적인 상황에 대해 설명하려 애썼다. 가령 술병이 저 혼자 아파트에 침입(혹은 비슷한 무언가)해 들어왔다는 식으로. 나는 소리를 질렀다.

"가서 잠이나 자!"

두 번 말할 필요도 없었다.

아들은 친구를 부축해 복도로 데려갔고 그들은 사라졌다.

아이들이 앉아 있던 자리에 앉았다. 풍만한 가슴을 한 어느 매력적인 여자가 수영복 차림에 번들거리는 색조화장을 한 얼굴로 카메라에 대고 뭐라 말하고 있었다. 저 말을 들어봐야 할까? 혹시 내가 모르는 진실이 저 여자의 입에서 나오려나? 그러나 그녀는 낄낄 웃으며 이렇게 말했다. "엉덩이를 흔들어봐요!" 나는 텔레비전을 꺼버렸다.

빈 잔에 위스키를 가득 따라 단번에 마셨다. 다시 웃고 싶어졌다.

테
오

      그렇게 마티스의 엄마가 저녁 한창때 돌아 왔을 때도 그는 두렵지 않았다. 그저 시간이 너무 이르다고, 이 번에도 끝까지 가지 못하겠다고 생각했을 뿐이다.

    마티스의 엄마가 이런저런 질문을 던질 때도 그는 두렵지 않았다. 그녀는 진짜 경찰 조사처럼, 세세하게 알고 싶어 했다.

    그는 입을 다물 줄 안다. 마티스의 엄마가 엄청나게 화를 내고, 어린아이 다루듯 자신들을 침대로 보냈어도 아무렇지 않았다.

    그런데 다음 날 아침 9시에 마티스의 엄마가 방으로 들이 닥쳐 집에 데려다주겠다고 했을 때 그는 두려웠다. 테오가 아빠 집에 가 있는 주간이라는 걸 그녀는 알고 있었고, 당연히 그의 아빠와 얘기를 나누고 싶어 했다. 아빠에게 할 말이 있다고 했다. 부모들끼리 아이 상태를 알려주는 게 중요하다고 말이다. 자기로서는 이 중대한 사항을 말하지 않은 채 넘어갈 수 없다고. 테오도 이 사실을 이해해야만 한다고. 그러면서 유감이라고 말했지만, 전혀 유감스러워 보이지 않았다. 마티스의 엄마는 뭔가에 진절머리가 난 사람 같았고, 뭔가 몰두할 일을 막 발견한 사람 같기도 했다. 그녀는 그에게 아침을 준비하는 동안 샤워하고 옷을 입으라고 말했다.

뜨거운 초콜릿을 앞에 두고, 테오는 아빠가 일요일 아침에 일을 한다고, 그래서 집에 없을 거라고 말했다. 그러나 마티스의 엄마는 속지 않았다.

"전화번호 줘봐. 네 아빠랑 얘기해볼 테니."

"아빠는 휴대전화 없어요. 집 전화는 고장 났고요."

"그러면 직접 가보자."

배가 고프지 않았다. 온몸이 조여드는 것 같았다. 생물 시간에 그렸던 신체 기관, 서로 얽힌 그 모든 기관들이 이제는 고통스럽고 촘촘한 덩어리가 되어 있었다.

마티스의 엄마는 마음을 바꾸지 않을 것이다. 그는 분명하게 알 수 있었다.

그녀는 초콜릿을 다 마시라고 고집스레 말했다. 밖이 몹시 추웠다. 아이를 빈속으로 내보낼 수는 없었다. 그녀는 상냥하게 말하려고 노력했지만, 목소리가 불협화음처럼 울렸다.

테오는 마티스의 엄마가 자신을 못마땅하게 여긴다는 걸 안다.

그도 마티스의 엄마가 마음에 들지 않는다. 그녀는 낡은 책 속에서 옮겨 왔을 법한 이상한 표현을 써가며 말한다. 마치 외국어를 말하듯이 프랑스어를 한다. 외워서 익혔거나 누군가에게서 빌려 온 외국어처럼.

그녀는 따뜻한 우유를 삼키라고 강요하듯 말했다. 마주 앉은 마티스는 당황한 표정으로 그를 바라보고 있었다. 엄마가 테오를 데려다주지 않도록 막을 방법을 궁리해봤지만, 아무 생각도 나지 않았다.

그녀는 출발 준비를 시키고, 테오의 점퍼를 찾으러 옷장으로 갔다. (마티스네 집은 모든 게 잘 정돈되어 있다. 사물마다 있어야 할 자리가 있다.) 옷을 내밀면서 그녀는 그가 너무 얇게 입었다는 사실에 놀랐다.

엄마의 뜻에 따라 마티스는 집에 남아야 했다. 마티스의 엄마는 테오 아빠가 이탈리아 광장 쪽에 산다는 걸 알고 있다. 집을 나서기 전, 그녀는 지하철 노선도를 확인했다. 역에서 나오면서부터는 길을 알려줘야 한다고 말했다.

그들은 엘리베이터에 올랐다. 엘리베이터 거울에 비친 자신의 모습과 마티스 엄마의 시선을 피하기 위해 그는 신발 끈을 고쳐 맸다.

그녀는 이제 그의 옆에서 위압적인 걸음을 바쁘게 떼어놓는다.

테오는 배 속에서, 술이 데워주고 처음으로 진정시켜준 그곳에서 요동치는 심장박동을 느낀다.

마티스의 엄마가 아빠 집 문턱을 넘어서게 둘 수는 없다. 그녀가 아빠의 아파트 안으로 들어가서는 안 된다. 그리고 아빠에게 말을 해서는 더더욱 안 된다.

만일 마티스의 엄마가 집에 발을 들이면, 전부 끝장날 것이다.

무슨 수를 써서라도 그녀와 거리를 유지해야 한다. 가까워지는 그녀를 막아야만 한다.

그들은 지하철역 쪽으로 방향을 튼다. 그는 그녀의 보폭에 발걸음을 맞춘다. 그녀는 아이가 자신을 잘 따라온다고 생각한다. 그래서 그녀의 주의력은 잠시 느슨해지고, 그 짧은 순간을 이용해 테오는 도망친다.

그는 숨을 헐떡이며 그르넬 대로를 달린다. 뒤도 돌아보지 않고 달린다. 처음 눈에 들어온 6호선 지하철역을 지나친다. 마티스의 엄마가 따라잡을지도 모른다. 다음 역까지 더 빠르게 달린다.

세브르-르쿠르브역에서 계단을 네 칸씩 뛰어올라 전철을 향해 내달린다. 그는 웃는다. 문이 닫히려는 순간 열차 안으로 뛰어든다.

이제 됐다!

마티스의 엄마는 꼼짝 없이 그 자리에 붙박인다. 뭐라고 소리칠 겨를조차 없었다.

엘
렌

언젠가 방학이 끝나면 생식 관련 수업이 있을 거라고 알렸을 때, 로즈가 질문을 했다.

"그러면 선생님은요? 아이가 있어요?"

없다고 대답한 뒤 수업을 이어갔다. 평소 같으면 학생들에게 농담을 하며 넘어갔겠지만, 이번에는 그러지 않았다.

나는 구타를 당했고 끝까지 그 비밀을 간직했다. 나는 서른여덟 살이다. 아이는 없다. 보여줄 사진도, 알려줄 이름이나 나이도, 일화도, 들려줄 만한 그럴듯한 이야기도 없다.

나는 가질 수 없는 아이를 아무도 모르게 내 안으로 들인다. 상처 입은 내 배 속은 백옥 같은 피부에 작고 하얀 치아와 부드러운 머리칼을 가진 얼굴들로 가득하다. 질문을 받을 때면 ─ 새로운 누군가를 만날 때마다 사람들(특히 여자들)은 내게 직업을 물어본 직후(혹은 직전에), 아이가 있느냐고 묻는다 ─ 그러니까 별수 없이 하얀 분필로 바닥에 세상을 둘로 (아이가 있는 여자들과 아이가 없는 여자들로) 나누는 선을 그려야 할 때마다, 난 이렇게 말하고 싶은 충동을 느낀다. 아니요, 전 아이가 없어요, 하지만 제 배 속에 있는 애들, 제가 낳지 않은 아이들을 보세요, 마치 제 걸음에 맞춰 춤을 추는 듯한 아이들을요, 살살 흔들어주기만 하면 돼요, 덩어리로 만들어 간직하고 있는 이 사랑을 보세요, 쏟아부을 곳이 없어 나누는 일만 남은 이 에너지를 보세요, 이 순수한 야생의 호기심을 보세요. 모든 것에 대한 제 욕망을, 엄마가 되지 못한 탓에, 아니 엄마가 되지 못한 덕분에 나 자신으로 머물러 있는 이 아이를 보세요.

오래전, 내가 아이를 가질 수 없다는 이유로 한 남자가 나를 떠났다. 이제 매일 밤 그는 자기 아이들을 보지 않기 위해 사무실에서 미적대다가 최대한 늦게 집으로 돌아간다.

밤에 잠에서 깨면, 종종 같은 질문이 되풀이된다. 왜 나는 아무 말도 못 했을까? 왜 아무에게도 알리지 않고 어떤 도움도 요청하지 않은 채 '행운의 원판'이 돌아가게 두었을까? 아빠가 퀴즈와 함정과 발길질을 늘려갈 때 왜 나는 가만히 있었을까? 왜 나는 소리치지 못했을까? 왜 아빠를 고발하지 못했을까? 자, 엘렌, 집중해라. 이제 역사 문제야, 아니, 심리학에 가깝군. 왜 너는 입을 다물고만 있지? 정말 유감이구나 엘렌, 판돈을 배로 올릴 수 있었는데.

하지만 결국 나는 그 이유를 알아낸다.

아이들은 자신의 부모를 보호한다. 그 무언의 약속은 때때로 아이들을 죽음으로 이끈다.

다른 사람들이 모르는 무언가를 이제 나는 안다. 그래서 모르는 체할 수가 없다.

가끔 그런 생각이 든다. 어른이 된다는 게 고작 이런 거구나. 잃어버린 것들과 잘못 끼운 첫 단추를 손보는 것. 그리고 우리가 어렸을 때 했던 약속들을 지키는 것.

나는 프레데리크의 충고를 새겨듣지 않았다. 계속해서 테오를 관찰한다. 학생들이 운동장으로 나갈 때마다, 창 뒤에 서서 그 아이의 실루엣을 찾는다. 다른 학생들 — 이상한 결속으로 묶여 자석에 이끌리듯 서로 달라붙어 있는 몸들 — 사이에서 아이를 발견하면, 그 아이의 행동과 회피 방식을 염탐하며 휴식 시간 내내 답을 찾는다.

교무처에 가서 이런저런 구실을 대며 학년 초 학생들이 작성한 개인 정보 자료를 검토했다. 거기 그 아이 엄마의 주소가 있었다.

여러 차례 그 근처에 갔다. 무엇을 찾으러 갔는지는 나도 모르겠다. 어쩌면 우연히 학교 밖에서 테오와 마주쳐 무슨 말이든 끄집어내고 싶었던 건지도 모르겠다. 점점 구역을 좁혀가며 건물에 다가갔다. 어느 저녁에는 심지어 몇 분 동안 인도에서 앞쪽에 불 켜진 창문들을 바라보기도 했다.

또 다른 어느 날 그 건물 앞을 지나치는 순간, 누군가 비밀번호를 누르고 안으로 들어갔다. 나는 그 사람 뒤를 쫓아 들어섰다. 그럴 생각은 없었는데, 정신을 차려보니 건물 안이었다. 우편함 앞에 있는 입주자 정보 게시판에 거주자의 이름과 층수가 표시되어 있었다. 나는 깊이 생각하지 않고, 계단으로 4층까지 올라갔다. 가까이 다가가자 숨 쉬기가 힘들 정도로 심장이 세차게 뛰었다. 아파트는 고요했고, 아무 소리도 들리지 않았다. 갑자기 문이 열려, 나는 테오 엄마와 정면으로 마주쳤다.

(그녀가 내 코앞에 들이닥쳤다고 하는 편이 더 정확하리라.) 아주 짧은 순간 우리의 시선이 교차했다. 이어 나는 황급히 계단을 내려갔다. 변명거리를 만들어두었어야 했는데. 내가 왜 거기에 있는지 정당화할 이유를 만들었어야 했는데. 같은 건물에 친구들이 살고 있는 척이라도 했어야 했는데. 세상에, 정말 우연이네요. 제가 아파트 호수를 헷갈렸나 봐요. 하지만 너무 늦었다. 나는 거리에 나와 있었다. 숨이 끊어져라 달렸다.

테
오

　　　일요일, 집에 돌아와보니 아빠는 커튼 닫힌
방에 누워 있었다. 테오는 어둠에 적응하느라 조심스러운 발걸
음을 내딛었다. 침대에 다가갔을 때, 아빠가 깨어 있음을 알았
다. 아빠는 침대 시트 위에 무기력하게 팔을 얹은 채 무언가를
기다리고 있는 것 같았다. 등 위쪽을 베개 위에 대고, 자기에게
만 보이는 벽 위 한 지점에 시선을 고정하고 있었다. 자기 아들
을 알아보는 데도 시간이 필요한 듯 몇 초 동안 테오를 바라보
았다. 그러고 나서도 적절한 움직임을 보이기까지는 몇 초가
더 지나야 했다. 아주 짧은 순간 아빠의 얼굴에 반가움의 빛이
어른거렸다. 초등학생 시절 테오를 데리러 오던 아빠의 얼굴에
생기를 부여하던 바로 그것이었다. 그런 뒤 그는 손을 침대 시

트 속으로 숨겼다. 아빠는 테오에게 재미있게 놀았냐고 물었다. 이어 같은 질문을 여러 차례 반복했다. 그냥 물어본 게 아니라, 아빠에겐 답이 정말 중요한 질문이었다.

테오는 아주 재미있게 놀았다고 대답했다. 짧은 침묵이 흐르는 동안, 그는 마티스의 엄마가 쫓아왔을지도 모른다는 생각에서, 지체 없이 주소를 찾아 예고도 없이 들이닥칠지도 모른다는 생각에서 애써 빠져나왔다.

처음 한 시간 동안 테오는 내내 엘리베이터 소리에 귀를 기울였다. 바깥에서 말소리가 들릴 때마다 그의 몸이 굳어졌다.

그다음에는 누군가 들이닥칠 경우를 대비해 집 안을 정리하고 청소하며 오후를 보냈다. 아빠의 아파트를 정돈하는 일이 무엇보다 중요하다고 그의 직감이 강요하고 있었다.

그리 복잡하지 않다. 해야 할 일을 놀이로 만들면 된다. 웃을 수도 있고, 4분 이상 서 있을 수 있던 시절의 아빠가 알려준 비법이다. 가장 지겨운 일을 보물찾기 같은 놀이로 바꾸기 위해서는 목표물과 도전을 설정하거나, 적절한 이야기를 짜내면 그만이다.

이번에 테오는 유명한 리얼리티 쇼에 참여했다고 상상했다. 방 여기저기 설치된 10여 개의 카메라가 그를 따라다니며 대청소를 생중계로 내보낸다. 그가 대야에 물을 채우는 바로 그 순간에도 100만 명 이상의 시청자들이 그의 행동을 지켜본다. 테오는 방송 역사상 가장 어리며 의심할 여지 없이 시청자들이 가장 좋아하는 참가자다. 그날 할 일은 특히 오래 시간이 걸리고 보람 없는 일이지만 그에게 승리를 안겨줄 수 있다. 다른 참가자들처럼 대청소가 끝나면 그의 스피드와 능률에 점수가 매겨질 것이다. 그리고 두 영역에서 그는 최고점을 받는다.

상상 속 내레이터가 그의 움직임의 정교함과 능숙함을 강조하는 논평을 술술 늘어놓는다. 오늘 밤 카메라만 있는 방에서, 그는 시합을 하며 느꼈던 감정을, 의심의 시간들과 불굴의 의지에 대해 이야기할 것이다. 그리고 운이 조금 따라준다면, 그는 곧 온갖 대중잡지의 표지를 장식할 것이다.

일요일부터 아빠는 일어나지 않았다. 침대에서 반수면 상태로 지낸 지 사흘째. 문은 살짝 열어두었지만 커튼은 절대 열지 않는다. 발을 질질 끌며 화장실에 갈 때만 일어나고, 그러면 테오는 나무판자 바닥 위로 아빠의 슬리퍼가 쓸리는 소리와 이어지는 화장실 물 내려가는 소리에 귀를 기울인다. 아빠는 샤워도 하지 않았고, 거의 아무것도 먹지 않았다. 테오가 물병을 가져다주고 작은 샌드위치도 몇 개 만들어 건네지만, 그는 거의 손을 대지 않는다.

할머니에게 알릴 수도 있다. 그러나 테오는 할머니의 전화
번호를 모른다. 어차피 할머니는 더 이상 오지 않을 것이다. 지
난번, 벌써 몇 달 전에 할머니는 아빠와 말다툼을 했다. 나가면
서 할머니는 테오를 바라보더니 짐짓 놀라는 얼굴로 말했다.

"어쩜 제 어미랑 그렇게 닮았냐."

주방 찬장에는 인근 약국의 로고가 찍힌 비닐봉투가 있다.
그리고 그 안에는 아빠가 매일 복용하는 약이 들어 있다. 그날
밤 봉투에서 약통을 꺼내 설명서를 읽어본다.

생물 시간에 데스트레 선생님이 뇌에 영향을 미치는 작은
요소들에 대해 들려준 적이 있다. 선생은 스포츠 선수들의 도
핑이 어떤 식으로 작동하는지, 왜 그게 금지되어 있는지 설명
했다. 그다음에는 사람의 기분을 바꿔줄 수 있는 약물에 대해
언급했다. 덜 우울하고, 덜 걱정할 수 있도록 도와주고, 때로는
제멋대로 말하고 행동하는 사람들에게 이성을 되찾아줄 수도
있는 약들에 대해서. 하지만 그건 위험한 약물이라 정신과 의
사 혹은 전문의만이 처방할 수 있다.

그럼에도 테오의 아빠에겐 엄청나게 많은 약과 약통이 있
고, 그때부터 그는 아파트 밖으로 나가지 않는다. 몇 달 치를

비축해놓은 것 같다.

어쩌면 데스트레 선생님을 만나 아빠 이야기를 해볼 수도 있을 것이다.

선생님이 칠판에 분필로 그림을 그릴 때, 혹은 신체 기관에서 일어나는 일들을 설명할 때, 테오는 때때로 선생님이 자신에게 말을 하는 듯한 느낌이 든다. 어쩌면 선생님은 알고 있을지도 모른다. 비밀을 지켜줄 수 있을지도 모른다.

세
실

두렵다. 우리에게 무슨 일이 일어날까 두렵
다. 내가 어찌할 수 없는 공포를 상상한다. 대참사의 시나리오
들, 소름 끼치는 일련의 사건들, 비극적인 우연들이 쌓여간다.
매일 저녁 잠자리에 들 때면, 잠에서 깨지 못할 것 같다는 생각
이 든다. 거대한 덩어리가 가슴 왼쪽을 짓눌러 숨도 쉬지 못한
다. 그도 아니면 배 아래쪽에 퍼져가는 고통을 느낀다. 그러다
불현듯, 내 몸의 상처 입은 세포들 속에 이미 손쓰기조차 늦어
버린 전이성 암이 잠재되어 있을까 하는 두려움이 엄습한다.

엄마 없이 살기엔 아이들이 너무 어린데. 눈을 감는 순간 드
는 생각이다.

펠셍베르 박사는 이것을 '병적인 사고'라고 부른다.

박사의 말에 따르면, 병적인 사고는 오래전의 죄책감을 드러낸다.

너무나 고통스럽다. 악순환이 이어지며 나를 빨아들이고 흡수하는데, 그에 맞서 내가 할 수 있는 건 전혀 없다. 병적인 사고는 어느 때고 이미지나 단어의 형태로 불쑥 나타나고, 그것을 묘사할라치면 구조와 열기를 잃어버려 더 이상은 손에 잡힐 듯 보이지 않게 되지만 그 존재는 여전히 명백하다. 근심으로 가공된 구조들, 이론적이고 어렴풋한 위협들. 그리고 그때마다 그것들은 내 숨통을 막아버린다.

갑자기 기온이 떨어져 며칠 밤은 무척 추웠다. 매일 해 뜨기 전이면 트럭들이 미끄럼 방지 모래를 뿌리며 도시를 십자형으로 오간다. 처음엔 추위가 모든 것을 정화하리라는, 병원균이며 박테리아며 기생충을 박멸하고 눈에 보이지 않는 모든 오물들을 제거하리라는 생각이 들었지만, 이는 곧 추위 그 자체가 은밀하고 기만적인 위험이 되리라는, 하찮은 내 망상들에 완전한 위협이 되리라는 생각으로 바뀌었다.

마티스에 대해서는 빌리암에게 입도 뻥긋하지 않았다. 말할 필요도 없이 전부 내 탓이라고 여길 테니까. 일반적인 관점에서 보면, 그 문제는 내 탓일지도 모른다. 나는 아득한 옛날부터 작동했던 부르주아 메커니즘의 한복판에 위장한 모습으로 숨어든 결함 있는 부속품이니까. 기계 작동을 방해하는 모래알이고, 공교롭게도 기름통에 떨어진 물방울이며, 조신한 가정주부로 위장한 검은 양이니까. 나의 기만이 재앙의 근원이니까. 나는 사람들이 경탄해 마지않는 단란하고 부유한 아파트를 꿈꾸었다. 부드러움과 평온 속에서 자라나는 맑은 눈의 아이들을 꿈꾸었다. 아이들의 교육과 남편의 평안에 집중하는 평온한 삶을 꿈꾸었다. 그 이상은 무엇도 바라는 것 없이, 충실하게 그렇게 살아왔다. 그 정도면 충분하리라 생각했다. 저자세로 청소기를 밀고 간식을 준비하는 일들. 잘못된 건 없었고, 나는 내가 있고 싶어 했던 곳에 있었다. 그러다 길을 잃었다. 그래, 어쩌면 나는 검은 파도에 휩쓸린 갈매기일 수도 있었다. 하지만 지금의 나는 이상하게 할머니가 들려주었던 이야기 속 까마귀와 비슷하다. 하얀 새가 되길 꿈꾸었던, 흑단 같은 깃털의 거대한 새. 우화 속 이야기는 이렇게 이어진다. 새는 처음엔 분첩 속에, 그다음엔 밀가루에 몸을 굴리지만, 그런 잔꾀도 짧은 시간이면 끝이다. 흰빛은 금세 사라져버린다. 그래서 새는 하얀 페인트 통에 들어가 온몸을 적신다. 그 안에서 새는 포로가 된다. 나는 하얀 새가 되고 싶어서 검은 새들을 배반한 검은 새다. 나는 내가 더 영리하리라 믿었다. 멧비둘기의 노래를 흉내 낼 수 있으리라 생각했다. 하지만 나 역시 날개 쓰는 법을 잊은 새에 불과하고, 그러니 이곳에서 몸부림쳐봐야 소용없다.

이제 난 빌리암에게 말을 걸지 못한다. 그럴 수 없다.

그가 인터넷에 쓴 말들 — 결코 지워지지 않는 흔적들, 언제든 괴물의 기형을 폭로하게 될 집요한 자취들 — 을 보면 볼수록, 그에게 말을 거는 일은 더 드물어진다. 남편은 낯선 사람이 되어버렸다.

읽은 내용을 잊어버릴 수 있게 되길 바랐다. 우리를 둘러싸고 지체 없이 우리의 거실을 침범하는 늪지의 존재를 모를 수 있기를. 두 번 다시 컴퓨터를 켜고 싶지 않았다. 그런데 그게 안 된다.

하루하루 지날 때마다 나는 새로운 거짓말을 만들어낸다. 빌리암과 나를 결코 드러나지 않는 이류 사기꾼들로 만들어버린 그 모든 것보다 훨씬 더 거창한 거짓말을. 나는 입을 다문 채 계속 먼지와 싸우고, 조심스레 세탁기 버튼을 누르고, 믹서를 돌리고, 다림질을 하고, 침대보를 갈고, 쨍쨍한 햇볕에서도 어떤 흔적도 찾을 수 없도록 유리창을 닦는다.

누가 진짜 빌리암일까? 익명으로 악의에 찬 말들을 내뱉는 자일까? 아니면 허리께가 살짝 들어간 진회색 정장 차림에 말쑥한 얼굴을 드러내고 돌아다니는 자일까? 진창 속을 뒹구는 자일까? 아니면 아내가 정성스레 다림질한, 얼룩 하나 없는 하얀 셔츠를 입은 자일까?

내가 아는 것을 남편에게 얘기해야 한다.

그의 두 부분이 하나로 합쳐질 수도 있을까? 혹시 내가 그 두 실체 사이에 일종의 연결을 만들어낼 수 있지 않을까? 내가 놓쳐버린 무언가를 이해하게 되지 않을까?

때때로 구겨진 채 휴지통에 내팽개쳐진 동그란 종이 뭉치를 생각한다. 어쩌면 빌리암은 당혹과 수치심에 휩싸여 자신의 분신이 폭로되기를, 그래서 결국엔 누군가 자신의 손목에 수갑을 채워 감옥으로 보내주길 원했던 게 아닐지, 나도 모르게 묻곤 한다.

마티스를 위한 해결책을 찾아야 한다. 테오와 놀아나는 꼴을 더는 못 봐주겠다. 그래, 놀아난다고, 나는 말한다. 내 어머니가 말했던 것처럼. 그래, 그런 거다. 나는 내 아들이 학교에서 테오와 함께 오는 것이, 교실에서 테오 옆에 앉는 것이 싫다. 내 아들에게 술을 마시게 한 것 말고도, 그 아이가 유해하며 사악

한 영향을 미치고 있음을 나는 확신한다.

학교 홈페이지를 통해 담임인 데스트레 선생과의 면담을
요청했다.

선생에게 말해야 한다. 설명해야 한다.

그리고 필요하다면, 학년 말에는 마티스를 전학시켜야겠다.

테
오

실비가 떠난 거 엄마한테 말하지 마, 아빠
가 실직한 거 엄마한테 말하지 마, 프랑수아즈 할머니가 화난
거 엄마한테 말하지 마, 개수대 물이 새는 거 엄마한테 말하지
마, 차 판 거 엄마한테 말하지 마, 맨투맨 티 잃어버린 거 엄마
에게 말하지 마, 이제 어떻게 될지는 모른다고 해, 환불금을 기
다리는 중이라고, 그러니까 급식비는 곧 낼 거라고 해, 우리가
밖에 나가지 않는 거 엄마한테 말하지 마, 약속을 잡을 수 없
다고 해, 엄마한테 말하지 마…….

눈을 감으면 때때로 예전의 엄마와 아빠가 보인다. 두 사람
모두 미소를 짓고 있는 사진 속 얼굴. 긴 머리의 엄마는 카메라

를 바라보는 아빠 쪽으로 얼굴을 돌리고 있다. 반팔 폴로셔츠를 입은 아빠는 엄마의 허리춤에 손을 얹고 있다. 한때 이 사진은 그를 위로해주었다. 이젠 다른 것들과 마찬가지로 사진 역시 속임수에 불과함을 그는 안다.

마
티
스

그는 과거로 돌아가고 싶다. 어렸을 때로, 플라스틱 조각들을 조립하며 시간을 보내던 때로, 집을 짓고, 자동차며 비행기며 엄청난 힘을 가진 관절 로봇을 만드는 것 말고는 아무것도 하지 않았던 때로. 그리 오래된 것 같지 않은 그 시간들을 그는 기억하고 있다 ― 손에 잡힐 듯하지만 지나가버린 시간 ― 소니아 누나와 함께 거실 양탄자 위에서 '누굴까' 카드놀이나 '두더지 잡기'를 하던 시절.

전에는 모든 게 더 단순해 보였다. 어쩌면 아파트와 학교의 담벼락 너머의 세상이 추상적이었기 때문에 그랬을지도. 그와는 상관없는 어른들에게만 예약된 거대한 영토였기 때문에.

학교 식당 계단 아래로 가는 통로는 막혔다. 이제 몸을 숨길 장소는 없다. 마티스는 설명할 수 없는 일종의 안도를 느꼈다. 그러나 테오는 즉시 감시를 완전히 피할 수 있는 다른 장소를 찾기 시작했다. 위고는 개방 시간이 아닐 때 쉽게 숨어들 수 있을 앵발리드 광장 근처 공원 얘기를 해줬다.

그날 아침, 학교 앞에서 첫 번째 종이 울리기를 기다리고 있을 때, 위고가 무슨 꿍꿍이가 있는 표정으로 그들에게 다가왔다. 위고가 조금 더 크고 힘이 셌지만, 마티스는 그가 채 입을 열기도 전에 꺼지라고 말했다. 그러나 마티스가 몸으로 갑작스럽게 공격해 올 스타일이 아니라는 걸 위고는 이미 오래전부터 알고 있다. 물론 그는 테오가 주문한 술을 아직 주지 않았다. 술 대신 위고는 좋은 소식을 하나 가지고 왔다. 이번 토요일, 위고의 형 밥티스트가 기획한 저녁 모임 소식. 여러 명이 밖에서 만나 술을 마실 거라고. 위고는 흥분해서 여러 차례 되풀이해 말했다.

"제대로 취해보자고!"

약속은 8시 정각, 상티아고-뒤-실리 광장 앞으로 정해졌다. 밥티스트가 어떻게 하면 들키지 않고 담을 넘는지 보여줄 것이다. 일단 안으로 들어간 다음에는 경계를 늦추지 말아야 한다. 때때로 몸을 숨겨야 할 수도 있는데, 밤에도 경비가 순찰을 하는 경우가 있기 때문이다. 날씨가 춥겠지만 진이 몸을 데 워줄 터이니 문제없다.

그날 아침부터 마티스는 종일 그 생각뿐이다.

그는 가고 싶은 마음이 전혀 없다. 어차피 갈 수도 없다. 지 난번에 부모님이 친구 집에 초대받아 갔을 때의 저녁 일을 생 각하면, 엄마는 그를 외출하게 내버려두지 않을 것이다.

자신만 관련된 일이라면 그는 제안을 거절했을 터이다. 밥 티스트와 그의 친구들은 술을 한 병 더 사겠다는 구실로 테오 의 돈을 가져갔고, 그래서 지금 귀족처럼 으스대고 있다. 마티 스는 그런 그들이 싫다. 그들은 약속을 지키지 않는다.

테오가 모임을 거절하길 바랐다. 하지만 친구는 가겠다고 했고, 이미 계획까지 다 짜놓았다. 마티스 집에서 잔다고 속일 셈이다. 그의 아빠가 전화를 걸어 확인할 위험은 전혀 없다. 나 머지는 중요하지 않다. 그는 시간을 마음대로 쓰고, 마음대로 이동할 수 있다. 밤새 자유다. 마티스가 진짜 어디서 잘 거냐고 걱정하자, 테오는 알게 될 거라고 답했다.

마티스는 이 일에서 거리를 유지하고 싶다. 집에 있고 싶다.

아무 얘기도 더 알고 싶지 않다. 그렇지만 테오 혼자 그들과 있게 내버려둘 수는 없다.

모임에 갈 방법을 찾아내야만 한다. 거짓말을 해야 한다. 지난번에 무슨 일이 있었든 간에, 엄마가 외출을 허락할 수밖에 없는 이유를 찾아야 한다. 낮은 목소리로 엄마는 그때 일을 얘기하겠지.

그래도 아빠에게는 아무 말도 안 했다.

생각해내야 해.

좋은 구실만 있다면야 거짓말은 사실 어렵지 않다. 가령 지난번 집을 나선 지 10분도 안 되어 테오가 지상 전철 밑에서 잽싸게 도망치는 바람에 엄마가 몹시 화가 난 채 돌아왔을 때, 마티스는 친구 집 주소를 모른다고 ─ 아빠 집도 엄마 집도 ─ 친구 집에 가는 방법도 모른다고 맹세했었다.

그다음 주에 마티스는 엄마와 지하 창고로 내려가 상자를 뒤졌다. 엄마는 그 안에서 오래된 물건들을 찾고 싶어 했다. 아래로 내려가자 엄마가 말했다. 이제 테오를 보지 않았으면 한다고, 학교에서 테오 옆에 앉지 않았으면 좋겠다고. 엄마는 마티스가 테오에게서 멀어지고 대신 학교의 다른 남자애들과 가까워지길 바랐다. 테오가 집에 다시 발을 들여놓거나, 마티스가 테오의 집에 간다는 것은 말도 안 되는 일이었다.

어찌해볼 수 없을 정도로 단호한 엄마의 목소리를 마티스는 처음 들었다. 논쟁할 거리가 아니었다. 명령이었다. 그리고 엄마는 그가 따라주길 원했다.

언제부터인가 엄마가 이상하다. 아무 생각 없이 혼자서 말한다. 그를 아주 불편하게 만들었던 우울한 기색은 더 이상 보이지 않는다. 때때로 그를 놀라게 하던 슬픈 눈빛도 사라졌다. 그렇다, 엄마는 분주하고, 정신없이 바쁜 것 같다. 언젠가 길에서 멀리 있는 엄마를 보았다. 엄마는 혼자서 중얼거리고 있었다. 누가 봤다면 미쳤다고 했을 것이다.

엘
렌

목요일 저녁, 테오는 내 수업이 끝난 뒤 교
실에 남아 있었다. 아이는 다른 학생들이 나가기를 기다렸다.
그날의 마지막 수업이었고, 뇌 활동과 신경 체계의 기능에 대
한 장을 막 끝낸 참이었다. 대개 두세 시간에 걸쳐 진행하는 주
제다. 나는 테오가 물건을 정리하며 시간을 끌고 있다는 것을
알아챘다. 마티스는 먼저 나갔다. 목요일마다 마티스는 음악
이론 수업인지 피아노 수업인지가 있고, 그래서 서두른다.

둘만 남자 테오가 내게 다가왔다. 점퍼의 지퍼를 채우고, 턱
을 치켜들고, 가방은 어깨에 멘 채, 똑바로 서 있었다. 나는 생
각했다. 내게 할 말이 있구나. 숨을 골랐다. 무엇보다 뭔가를
강요해서는 안 돼. 서둘러서도 안 돼. 테오에게 미소를 지어 보

이고는 책상에 흩어져 있는 종이들을 정리하는 척했다. 곧 테오가 물었다.

"나쁜 약을 먹으면 사람이 죽을 수도 있나요?"

맥박이 빨라졌다. 실수하면 안 돼.

"그러니까, 네 약이 아닌 것을 먹는다면 말이니?"

"아니요. 그게 아니에요."

"그럼 뭘까?"

"그러니까…… 아무 효과가 없는 약 말이에요. 뇌에 영향을 미치는 약이 있다고 선생님이 말씀하셨잖아요. 사람의 기분에요. 그런데 제가 보기엔 그게 전혀 효과가 없는 것 같거든요. 그러니까 사람들이 침대에서 나오지 않는 거겠죠. 거의 먹지도 않고, 아예 일어나지도 않고, 하루 종일 그렇게만 지내고요."

그는 아주 빠르게 말했다. 제대로 해석을 해서, 제대로 질문을 해야 했다.

"그래, 맞아, 테오. 그렇게 되기도 하지. 그런데 누굴 얘길 하는 거니?"

그는 나를 향해 시선을 올렸다. 긴장해서 커다래진 눈동자가 보였다.

그 순간, 노크도 없이 교장이 교실에 불쑥 나타났다. 나는 당황해서 그를 돌아보았다. 내가 미처 입을 열 틈도 없이, 교장은 테오를 향해 여기 남아 있을 이유가 전혀 없다는 태도를 명확히 드러내며 어서 집에 돌아가라고 명령하듯 말했다. 테오는 비난 어린 검은 눈으로 내 쪽을 흘끗 쳐다보았다. 마치 창구 안에 숨겨진 경보 버튼을 몰래 누른 은행원을 보는 듯한 표정이었다.

그는 뒤도 돌아보지 않고 교실을 나갔다.

나는 느무르 선생을 따라 그의 집무실로 갔다.

연극적인 단호함마저 느껴질 정도로 침착하게 그가 내게 상황을 설명했다.

테오 뤼뱅의 엄마가 전화로 항의했다. 이유 없이 면담을 요구했을 뿐만 아니라, 이제는 집 주변을 배회하기까지 한다고. 자기가 사는 아파트 건물에 들어오기까지 했다고. 물론 그녀는 몇 주 전 우리가 나눴던 대화도 언급했다. 자신은 그 대화에서 부당함과 죄책감을 느꼈다고 했다. 교장은 테오 엄마에게 내가 했던 말을 정확히 기억하는지 물었고, 그가 내 눈앞에 들이민 보고서의 내용으로 미루어 그녀는 어려움 없이 그것들을 전부 기억하고 있었다.

규정 위반을 떠나 학교에서도 어찌해볼 수 있는 선을 넘어섰다고, 교장은 말했다. 나는 테오와 관련한 교사 모임에서 이 면담에 대해 언급하지 않았다. 게다가 그 모임도 내 첫 돌발 행동 때문에 기획된 것이었다. 왜 나는 아무 말도 하지 않았을까? 과실이다. 심각한 과실. 내 태도는 공교육 서비스의 순기능을 존중하지 않았을 뿐 아니라, 방해하기까지 했다.

테오 엄마는 아들의 반을 바꿔달라고 요구했다. 교장은 나를 만나 설명을 들어보겠다고, 그런 다음 결정을 내리겠다고 약속했다.

그는 내 반응을 기다렸다. 설명과 변명을 기다렸다. 문이다 닫힌 비상계단에서 내가 무엇을 할 수 있었을까? 스스로를 옹호할 말이 하나도 없었다. 난 입을 다물었다. 정말 다행히도, 그는 징계를 염두에 두지 않았다. 그는 교직에서 20년이 넘는 시간을 보냈다. 우리가 어떤 압력이나 스트레스에 시달리는지, 우리의 책임이 무엇인지 그는 안다. 우리가 연대해야 한다는 것도. 우리가 서로를 도와야 한다는 것도. 여러 해 동안 내가 학교에 기여해온 일을 감안해서, 그는 징계도 경고도 내리지 않았다. 대신 한발 물러서기를 요구했다. 병가를 내라고 했다. 최소 한 달. 머릿속이 정리될 시간. 그것이 조건이었고, 논쟁의 여지는 없었다.

사물함을 비운 뒤, 다시 돌아오지 못하리라는 확신에 불안한 마음으로 학교를 나섰다.

〈행운의 원판〉 시그널 음악이 머릿속을 맴돈다. A를 사겠어요. L을 제안합니다. C를 사겠어요. 나는 목표에 거의 근접해 있다. 생각해야 해. 올바른 답을 깨닫고 찾아야 해. 아닙니다, 엘렌, 힘을 내요, 그렇게 단순하지 않아요. 당신을 뭐라고 생각하는 겁니까? 설마 당신이 원판의 방향을 바꿀 수 있다고 믿는 건 아니겠죠?

하루 종일 동료들이 자동 응답기에 메시지를 남겼다. 나는 듣지 않았다.

여러 번 통화를 시도했던 프레데리크에게도 전화를 걸지 않았다.

창문 너머 외투를 두르고, 손은 주머니에 넣거나 장갑을 끼고, 어깨 사이로 목을 움츠린 채 지나가는 사람들이 보인다. 그들은 발걸음을 재촉하며 자기들의 저 보잘것없는 보호막으로 스며드는 습기에 맞선다. 그들 중 한 여자는 양파 파이가 익는 데 시간이 얼마나 걸릴까 생각한다. 다른 여자는 남편과 헤어지기로 막 결심했다. 또 다른 여자는 식권이 몇 장 남았는지 머릿속으로 세어본다. 젊은 여자는 너무 얇은 스타킹을 골랐다고 후회한다. 또 다른 젊은 여자는 여러 번의 면접을 거쳐 취직이 되었음을 방금 알았다. 한 늙은 남자는 자신이 왜 거기 있는지를 잊었다.

세

실

혼자서 얘기할 때의 장점은 자기 자신에게 농담을 건네는 게 가능하다는 것이다. 어렸을 때 오빠가 들려주었던 재미난 농담들이 여전히 기억난다. 우린 바닥을 데굴데굴 굴러가며 웃었다.

하루는 혼자서 영어식 억양을 넣어 말하며 놀고 있었다. 웃겼다. 사실 내가 정말 그럴싸하게 흉내 내기도 했다. 이런 것으로 상황을 한결 가볍게 만들 수 있다니 얼마나 대단한지! 마치 제인 버킨°이 나를 살짝 격려해주는 것 같았다. 물론 내게 말하고 있는 사람은 나였지만. 그래, 그랬다. 나는 거실에서 혼자

○   Jane Birkin. 영국 출신의 프랑스 가수로 영어 억양이 들어간 프랑스어를 구사한다.

큰 소리로 떠들어댔다. 그것도 거의 모든 주제들을 다루면서.

펠셍베르 박사에게 이 이야기를 했다. 그는 내가 영어식 억양을 사용함으로써 누군가에게, 혹은 무엇에 대해 외부인이 되었는지 궁금해했다.

아버지는 오래전에 돌아가셨고, 티에리 오빠는 결국 집을 떠났다. 그때부터 어머니는 우리가 어린 시절을 보낸 아파트 단지의 G동 1층의 작은 집에서 혼자 산다. 꼬박꼬박 월세를 지불할 수 있도록, 시市에서는 우리가 살았던 방 네 개짜리 대신 두 개짜리 집을 할당했다. 어머니로서는 불평할 처지가 아니다.

며칠 전, 아무 생각 없이 어머니에게 전화를 걸었다. 전화기를 들고, 어머니의 번호를 눌렀다. 어머니는 깜짝 놀랐다. 내가 전화를 자주 하는 편은 아니니까. 목소리가 듣고 싶었다고, 안부가 궁금했다고 말했다. 짧은 침묵이 흐른 뒤, 다들 잘 있냐고 물었다. 그렇다고 대답했고, 이어 또다시 침묵이 흘렀다. 어머니는 결코 뭘 직접적으로 묻거나 정확하게 이야기하는 법이 없다. 내가 사는 세상은 어머니와 너무 멀리 떨어져 있는 것 같다. 소니아가 가끔 어머니를 보러 가는 것을 안다. 어머니는 차와 비스킷을 준비해서 작은 접시에 둥그렇게 담는다. 그런 다음에는 비스킷을 상자에 넣어서, 내 딸이 돌아갈 때 들려준다.

조만간 마티스와 찾아가겠다고 말했다. 또 한 번 침묵이 흐르고, 어머니는 알았다고, 기다리겠다고 했다. 마치 약속을 잡는 순간과 약속을 지켜야 하는 순간 사이의 삶 말고는 바랄 것이 없다는 듯.

데스트레 선생은 면담 요청에 답이 없다. 있을 수 없는 일이다. 1년에 두 번 있는 지루한 학부모 모임을 제외하면 그녀가 2학년 B반 학생 보호자를 응대하는 역할을 해야 할 텐데, 답이 없다니. 여러 번 학교 홈페이지에 접속했고, 메시지를 되풀이해 적었다. 그런 뒤, 결국엔 전화를 걸었다. 누군가 데스트레 선생이 몸이 편치 않다고, 병가 기간이 얼마나 될지 정확히 모르겠다고 말했다. 선생이 복귀하는 대로 만나야겠다.

언뜻 보기에 달라진 건 하나도 없었다. 빌리암은 친구 집 만찬 얘기를 다시 꺼내지 않았다. 그에겐 어쩌면 별것 아닌 사건일지도 모르겠다. 일종의 감정 기복이라고 여겼으리라. 대충 얼버무려 상황을 모면하고 다시 잔을 채웠겠지. 빌리암은 내가 그의 몸을 거부하는 것을 눈치챘을까? 섹스를 하지 않은 지 몇 주가 되었지만, 처음 있는 일은 아니다. 어쩌면 내가 여인들의 삶에 늘어선 푯말 중 어두운 시기 하나를 통과한다고 생각하

196

고 있을지도 모르겠다. 틀림없이 호르몬 문제라고. Wilmor가 쓴 글을 따져보면, 그는 그런 프리즘을 통해 여성을 볼 것이다.

사실 나는 더 이상 찾아보지 않는다. 남편이 트위터 계정까지 만든 것을 알게 된 뒤로는 컴퓨터를 켜지 않았다. 트위터는 훨씬 더 예리한 형태로, 아주 교활한 방식으로, 글의 내용을 결코 책임지지 않고도 이런저런 모든 것에 대해 논평할 수 있다. 정체를 전혀 드러내지 않은 채 양면성을 띤 말이나 극단적인 말을 여기저기 토로하도록 내버려두다니, 웃기는 세상이다.

바로 그날 밤, 저녁 식사를 마친 뒤 빌리암이 소파로 와 내 옆에 앉았다. 그는 팔을 내 어깨에 올렸다. 내 몸이 뻣뻣해졌다. 모직 옷감 위로 가져다 댄 그의 손바닥에 피부가 타들어가는 기분이었다. 그는 일이 더 남았다고, 미안하다고 했다. 내일 부서장에게 제출해야만 하는 복잡한 서류가 있다고.

그를 잠시 쳐다보았다. 처음엔 그저 아무 말 없이, 그러다가 물었다. 나한테 할 말 없어?

그가 웃었다. 가끔 거북함을 숨길 때 하듯이 코웃음을 쳤다. 심상한 질문이 아니라는 것을 눈치챈 것이다. 우리가 늘 나누던 집안일이나 일상적인 문제에서 벗어난 대화라는 것을 느낀 것이다. 빌리암은 바보가 아니다. 그는 뭔가 묻는 듯 나를 뚫어지게 응시하며 이어지는 말을 기다리고 있었다. 한 번 더 물었다.

"정말 나한테 할 말 없어? 당신에 대해서나, 당신이 하는 일에 대해?"

더 몰아붙일 수는 없었다. 그럴 힘이 없었다. 하지만 확신할 수 있다. 그 순간 그는 내 질문을 이해했다.

그는 망설였다.

아주 짧은 동안.

망설이고 있다는 걸 알 수 있었다. Wilmor에 대해서는 몰라도, 빌리암이라면 아주 잘 알고 있으니까. 그 눈썹의 미세한 동요, 손을 모으는 그의 방식, 대화를 얼버무리려는 듯 당혹스럽게 내뱉는 잔기침.

이윽고 그는 내 볼을 쓰다듬었다. 아주 오래전에 그랬듯이 슬그머니. 아이들이, 컴퓨터가, 휴대전화가 있기 전에, 인터넷의 그 복잡한 그물이 있기 전에 그랬듯이.

그가 자리에서 일어났다. 대답이 돌아왔을 때, 그는 이미 등을 돌린 후였다.

"당신, 생각이 너무 많은 모양이야."

빌리암은 자기 서재에 처박혔다. 나는 공장식 피자에 대한

다큐멘터리가 나오는 텔레비전 화면을 쳐다보고 있었다. 피자에 올라가는 질 나쁜 토핑을 감추기 위해 첨가한 자극제와 향신료가 주제였다. 침묵과 긴장감을 유발하는 음악을 뒤에 깔고 진행된 엄청난 조사 끝에 드러난 비결. 제대로 된 한 편의 스릴러. 사실 아무 관심도 없었지만 끝까지 봤다. 지난 일요일에는 야자열매에 관한 다큐멘터리를 봤었다. 언제부터 황금 시간대에 새끼 고양이의 삶이나 다진 고기에 대한 다큐멘터리가 방영된 거지?

몇 분쯤 나는 혼잣말을 했다. 논쟁하고 싶었다. 내 목소리는 더 이상 나를 안심시키는 데 만족하지 않는다. 목소리는 이제 의견을 내세운다.

문에 대고 빌리암에게 자겠다고 말했다. 부엌에 늘어져 있는 물건 한두 개를 정리하고 거실 커튼을 내렸다.

이어 특정 연령대의 여자들이라면 다들 지키며 살고 있을, 잠들기 전의 루틴(화장 지우기, 체취 제거, 나이트 크림과 핸드 크림 바르기)을 수행했다.

자리에 누웠다. 불을 껐는데, 어떤 문장이 머릿속을 스쳤다. 마치 큰 소리로 말하는 것처럼, 아주 분명하게. 내려가야겠다.

마
티
스

      그날 밤, 마티스는 아빠가 서재에 들어가
거실에 엄마만 남게 되길 기다렸다. 준비는 다 되었다.

    마지막으로 숨을 내쉰다.

    "엄마 아시죠? 토요일에 샬 선생님이랑 필하모니 공연 가
는 거."

    엄마는 놀란다. 예상대로다.

    "그래? 언제 그런 얘길 했었지? 이미 다녀오지 않았니?"

    "아니요, 그건 오페라 가르니에였고요. 기억 안 나세요? 지
난번에 엄마가 사인한 종이에 써 있었는데, 돈도 주셨잖아요."

    "그 종이는 어디 있어?"

    "샬 선생님께 드렸죠. 부모님 허가서는 선생님이 보관하시

니까요."

엄마는 잠시 하던 일을 멈춘다. (엊그제부터 엄마는 아파트에서 막 추방당한 사람처럼 세간을 분류하며 시간을 보내고있다). 마티스는 배 속에서 벌레 열댓 마리가 우글거리는 기분이다. 엄마가 그 소리를 못 듣기를 기도한다.

엄마는 당황한 기색이다. 하지만 그는 모든 질문들에 대비해두었다.

"토요일 저녁이라고?"

"네, 퇴역 군인 단체가 참석 못 한다고 해서 학교에서 그 좌석을 확보했대요. 샬 선생님이 아주 좋은 기회라고 하셨어요. 무대에서 좀 먼 좌석이긴 하지만요."

"학급 전체가 다 가니?"

"아니요. 방과 후 음악 수업을 듣는 학생들만요."

"그런데 무슨 공연이야?"

"파리 그랜드 오케스트라요. 헨리 퍼셀이랑 구스타프 말러를 연주한대요."

이어 그는 세부 사항들에 대해 설명했다. 어떻게 거기에 갔다가 돌아오는지, 현장학습을 관리하는 선생이 누구인지. 그의 엄마는 학생들이 토요일 저녁 필하모니 공연장에 현장학습을 간다고 하면 믿는 그런 엄마다.

거짓말은 참 쉽다. 심지어 그는 모종의 즐거움마저 느낀다. 제대로 교육받은 소년의 목소리를 낸다.

"데스트레 선생님도 우리와 함께 가기로 했는데, 다른 선생님이 가실 거예요. 선생님이 편찮으셔서요."

이상하게도 이런 부연 설명이 엄마를 안심시키고 그의 진실함을 확고히 해주는 듯싶다.

엄마는 공연이 끝나면 마티스 혼자 돌아오는 일 없이 데리러 가겠다고 말한다. 제발 오지 마세요. 창피해요. 애들이나 그러잖아요. 친구들이 놀릴 거예요. 주말에 바쁜 부모님들이 번거롭지 않도록 샬 선생님이 학교 근처에 사는 학생들을 직접 데리고 오신댔어요.

엄마는 결국 받아들인다. 사실 엄마는 이미 다른 생각을 하고 있는 것 같다. 그게 아니면 조사를 더 몰아붙일 힘이 없거나. 며칠 전부터 엄마는 비밀스러운 삶을 사는 사람 같다. 몹시 불안하고 몹시 피곤한 삶.

잠시 후, 막 불을 끄려는데 엄마가 그의 방으로 왔다.

엄마는 그에게 뜻밖의 질문을, 아주 직접적으로 던진다.

"마티스, 너 엄마한테 거짓말하는 거 아니지?"

그는 한 치의 망설임도 없다.

"아니에요, 엄마. 맹세해요."

테
오

추위가 얇은 종이로 도시를 뒤덮었다. 믿을 수 없을 정도로 얇은 하얀 가루가 광장의 잔디 위에 내려앉는다. 벤치는 비어 있고, 바람이 행인들을 쫓는다.

그들은 8시 정각에 만났다.

밥티스트는 아이들에게 광장 입구에서 몇 미터 떨어진 길모퉁이에 설치된 일방통행 금지 팻말 앞에 서 있으라고 했다.

그들은 밥티스트의 신호를 기다렸다.

한 사람 한 사람씩, 경계하며 조용히 움직여 담을 넘고 덤불에 처박혔다. 첫 번째 기착지, 누군가에게 들키지 않았나 확인하는 시간이다.

몇 분 뒤, 그들은 공원 안쪽으로 나아가기 시작했다. 일렬

종대로 밥티스트의 발걸음을 따라갔다.

나무들 뒤쪽으로 텅 빈 작은 공간이 자리하고 있었다. 바닥에는 한때 모래 놀이터였던 흔적이 남아 있다. 지금은 흙으로 메워진 채다. 밥티스트는 그들에게 저기 앉으라고 말한다. 둥그렇게, 서로 거리를 두고, 게임을 할 수 있도록.

밥티스트와 그의 친구들은 오아시스 병을 여러 개 들고 왔다. 진에 과일 주스를 반반 비율로 섞은 술이다. 그가 이제 첫 잔을 시작해보자고 제안하더니 각자의 플라스틱 잔에 술을 따라준다.

달면서도 세다. 테오는 한 번에 잔을 다 비운다. 눈물이 솟구치지만 기침을 하지는 않는다.

그는 열기가 어깨와 척추를 따라 퍼지기를 기다린다.

캉탱은 그 나이에 한 번에 다 마셔버린 테오를 보며 놀라 웃음을 터뜨린다.

밥티스트가 몇 가지 충고를 한다. 추워서 오랫동안 앉아 있을 수 없으니, 규칙적으로 자리에서 일어나 손뼉을 치고 뛰면서 몸을 덥혀야 해.

테오는 아무 말이 없다. 그는 자기 안에서 모습을 드러내기를 망설이는 열기의 감각을 살핀다. 그는 다른 아이들을 관찰한다. 마티스는 창백하다. 겁을 먹은 것 같다. 엄마에게 거짓말을 하고 나와서 그런 건지도 모른다. 위고는 근엄한 표정으로 자기 형 옆에 앉아 형의 지시를 기다린다. 큰 아이들이 이후 일정에 대해 장황하게 늘어놓는 사이, 테오는 한 잔을 더 채워 첫 잔만큼 빠르게 마셔버린다. 아무도 뭐라 하지 않는다.

밥티스트가 이제 게임의 규칙을 설명한다. 한 명이 카드를 뽑기 전에 질문을 던진다. 가령 빨강인지 검정인지. 스페이드, 클로버, 하트, 다이아몬드 중 무엇인지. 답을 맞히면 질문한 사람이 마시고, 틀리면 답한 사람이 마신다. 이어 그다음 사람이 정답에 도전한다. 이런 식으로 시계방향으로 진행한다.

다들 이해했다. 이제 게임을 준비한다. 그들은 그가 이끄는 놀이에 익숙하다.

다들 집중하느라 침묵이 흐른다.

그때 테오가 끼어든다. 자신이 질문자 역할을 하겠다고 나선다.

그는 밥티스트가 위라는 사실에, 그의 우월한 권리에 반발하지 않는다. '내가 할래'라고 말하지 않았다. '내가 해보면 좋겠는데'라고 말했다. 호감과 적개심을 개인에게서 분리할 줄 알고, 손쓸 수 없는 채무와 양육비를 분리할 줄 아는 아이다. 그는 외교의 법칙을 안다.

다들 밥티스트를 향해 시선을 돌린다. 그는 재밌다는 듯 웃고 있다.

캉탱은 냉소를 보인다.

밥티스트가 몇 초쯤 경멸하듯 그를 아래위로 훑어본다. 위반자를 평가한다. 어떤 반항의 기운도 보이지 않는다. 그저 어린 남자아이의 엉뚱함일 뿐이다.

"너? 네가 질문을 하고 싶다고? 규칙을 잘 생각해봐. 질문을 하면 다른 애들보다 다섯 배는 더 마실지도 모르는데?"

"그래, 알아. 계산했어."

"아, 그런 놈이구나, 수학 잘하는 놈……. 그래도 괜찮겠어?"

그들은 한 번 더 서로를 쳐다본다. 조롱기는 사라졌지만, 도발이 이미 드러나 있다. 밥티스트는 제안을 받아들일지 망설인다. 테오는 이 모든 것을 알아차린다. 이들이 어떻게 생각하는지는 하나도 중요하지 않다.

밥티스트는 마지막으로 친구들에게 시선을 건넨다. 그러고는 말한다. 좋아.

이제 테오 쪽으로 병들을 밀어놓는다. 오렌지, 초록, 노랑, 알코올에 섞인 음료에 따라 저마다 다른 빛깔을 띠고 있다. 테오는 병들을 자기 앞으로 가져온다. 설탕이 밖으로 흘렀다. 플라스틱 잔이 약간 끈적인다.

밥티스트가 설명을 마저 한다. 테오는 다양하게 질문을 던져야 한다. 그림, 혹은 숫자? 먼저 뽑은 카드보다 높은 수, 혹은 낮은 수? 먼저 뽑은 두 장의 카드 사이에 있는 숫자, 혹은 밖에 있는 숫자? 각각의 질문 유형에 따라 마실 수 있는 모금 수가 달라진다. 네 잔까지 가능하다.

밥티스트가 마지막으로 카드를 섞는 동안 캉탱과 클레망이 팔꿈치로 서로를 찔러댄다.

테오가 카드 뭉치를 챙긴다. 첫 번째 질문이다.

그가 진다. 마신다.

그다음 질문. 또 진다. 마신다.

날카로운 음이 멀어지기 시작한다.

그는 게임의 규칙을 따른다. 파도가 살랑대며 그의 척추를 돌아다니고, 사지는 일종의 가볍고 부드러운 솜 위로 올라가 그 위에서 옮겨 다니며 무기력에 빠진다.

언제 마셔야 하는지, 또 언제 술병을 내밀어야 하는지, 그는 안다.

질문을 할 때마다 문득 그는 몸속에서 무엇인가가 — 물결 혹은 액체가 — 빠져나가고 있음을 느낀다. 두렵지 않다. 근육이 하나씩 늘어진다. 다리, 팔, 발, 손가락이 늘어진다. 심지어 심장도 느리게, 점점 더 느리게 뛰는 것 같다. 모든 것이 들썩인다. 느슨해진다.

그의 눈에 춤을 추는 거대한 하얀 식탁보가 보인다. 바람 속에서 소리가 들려온다. 해가 다시 모습을 드러낸다. 낡은 돌집 뒤편, 할머니의 빨랫줄을 본 것 같다고, 그는 생각한다.

다시 웃음소리가 들린다. 그러나 친구들의 웃음소리가 아니다. 더 높고, 맑고, 날카로우며, 즐거운 음색이다.

마
티
스

테오가 앞에 놓인 두 장의 카드를 위로 펼
쳤다. 클로버 10과 다이아몬드 퀸. 그는 캉탱 쪽으로 몸을 돌
리며 물었다. 사이에 있어, 아니면 밖에 있어?

그들 주변으로 아주 작은 눈송이가 춤을 추듯 떨어지기 시
작했다. 그러나 바닥까지 닿지는 않는 것 같았다. 캉탱이 대답
전에 눈을 감았다.

"사이."

테오가 앞면을 손바닥으로 가린 채 쥐고 있던 카드를 돌렸
다. 스페이드 잭.

테오는 병을 집었다. 규칙에 따라 네 모금을 마셨다. 그러
더니 갑자기 뒤로 넘어졌다. 그는 둔중한 소리를 내며 땅에 쓰

러졌다.

다들 서로의 얼굴을 바라보았다. 캉탱과 클레망이 웃기 시작했지만, 밥티스트가 말했다. 입 다물어.

그들은 테오의 다리를 길게 펴주었다. 상반신은 나뭇잎 더미 위에, 하반신은 시멘트 바닥에 놓았다. 밥티스트가 테오의 볼을 여러 번 살짝 때리며 반복해서 말했다. "야! 응? 바보짓하지 말고." 하지만 테오는 무기력했다. 마티스는 이런 몸을 처음 봤다. 이렇게 흐물흐물한 몸이라니.

비현실적인 침묵이 그들 주위를 맴돌았다. 도시 전체가 꼼짝 못 한 채 밥티스트에게 복종하는 것 같았다.

마티스는 자신의 심장박동 소리가 친구들 모두에게 들리리라 맹세할 수 있을 정도였다. 샬 선생의 메트로놈처럼, 심장이 매초 공포의 순간을 측정하는 것 같았다. 분해된 나뭇잎과 흙의 냄새가 강하게 파고들었다.

그들은 다시 한 번 서로를 바라보았다. 위고가 두려움을 참지 못하고 옅은 신음을 뱉었다.

밥티스티의 입에서 명령이 떨어졌다. 도망가자.

그가 동생의 목덜미를 잡아 자기 앞으로 끌어당겼다. 그러고는 두 손으로 양어깨를 짚은 채 그를 똑바로 쳐다보며 말했다.

"우린 여기 안 온 거야. 알겠지?"

이어 그는 마티스 쪽을 돌아보며 건조한 말투로 반복해서 말했다.

"우리 여기 없었어. 알아먹지?"

마티스는 알았다고 고갯짓을 했다. 추위가 그의 옷을 뚫고 들어왔다.

1분도 채 안 되어 그들은 카드, 담배, 술병을 모두 치웠다. 그런 뒤 사라졌다.

마티스는 거기, 아주 깊은 잠에 빠진 듯 보이는 친구 옆에 그대로 남아 있다. 그는 친구의 얼굴로 다가간다. 그의 입김이 느껴지는 것 같다.

여러 번 테오를 흔들어보지만, 반응이 없다.

마티스는 울기 시작한다.

엄마를 부른다면, 필하모니 공연에 가지 않았음을 자백해야만 한다. 그는 거짓말을 했고 엄마의 신뢰를 배반했다. 엄마는 미쳐버리겠지. 무엇보다 엄마는 테오의 부모에게 이 모든 걸 얘기할 것이다. 그래서 만약 누군가가 테오 아빠 집에 가는 일이 생기면, 테오는 영원히 친구를 원망할 것이다.

해독해낼 수 없는 복잡하고 어두운 정보들이 빠른 속도로 그의 머릿속을 맴돈다. 경중을 따질 수 없는 다양한 위협들이.

온몸이 떨린다. 이제 이빨까지 덜덜거리기 시작한다. 수영장 물속에 너무 오래 있던 날 같다.

돌아가야 할 시간이다. 돌아가야 한다.

그는 테오를 부른다. 한 번 더. 테오를 흔든다. 테오에게 애원한다.

마지막으로 한 번 더 해본다. 자신의 목소리가 거의 들리지 않는다.

그는 털옷을 벗어 누워 있는 몸 위에 놓는다.

그런 뒤 공원을 벗어난다.

그는 라 모트-피케 대로로 접어든 다음 그르넬 거리로 간다. 시계를 한 번 더 확인한다. 달린다.

몇 분 뒤 그는 아파트 건물 앞에 도착한다. 입구 비밀번호를 누르고 로비로 들어선다. 몇 초쯤 선 채 호흡을 진정시킨다. 문에 열쇠를 넣자, 곧바로 거실에서 자신을 기다리던 엄마의 발소리가 들린다. 엄마는 두 팔을 벌려 아들을 맞이한다.

엄마가 말한다. 얼음장이네.

그는 엄마에게 몸을 비빈다. 엄마가 그의 머리칼을 쓰다듬으며 말한다. 걱정 마. 다 괜찮아질 거야. 공연이 어땠는지는 묻지 않는다. 아이가 피곤한 모양이라고, 내일 얘기해줄 거라고 생각하는 것이다.

마티스는 방으로 들어가 여느 때처럼 옷들이 정리되어 있을 옷장 문을 연다.

옷장은 텅 비어 있다.

그는 그 안을 몇 번이나 살펴본다.

이불 속에서 그는 눈을 감아보려 애쓴다. 하지만 머릿속에 이미지들이 침범한다. 보이지 않는 만화경의 회전에 맞추어 부풀어 오르고 서로 나뉜다. 색깔이 점점 생생해지더니, 갑자기 분열된 이미지들이 모여 전체가 드러난다. 더없이 선명하다.

그의 눈앞에서, 데스트레 선생님 수업 시간에 배운 도식들이 커다랗게 부풀어 오른다. 눈을 떠도 그것이 보인다. 느리게 뛰는, 피가 고인 심장. 이어서 성에 낀 얇은 얼음 막 속에서 조여드는 얼어붙은 폐. 이어서 두 손 위로 흐르는 푸른색 피.

그는 침대에서 몸을 일으킨다. 소리 없는 슬픔이 그의 가슴을 찢는다.

식물원으로 현장학습을 갔던 날 데스트레 선생님이 전화번호를 주며 학생들에게 번호를 저장하라고 했던 것이 떠오른다.

엘
렌

전화벨이 울렸을 땐 거의 자정이 다 된 시간이었다. 모르는 번호였다. 핸드폰을 끄려던 참이라, 받아야 하나 망설였다. 어쨌든 전화를 받았다.

빠른 숨소리, 거의 헐떡임에 가까운 숨소리가 들렸다. 전화를 끊어버릴 뻔했지만, 문득 저편에서 누군가 울지 않으려 안간힘을 쓰고 있는 것 같다는 생각이 들었다. 아무 말 없이 기다렸다.

몇 초가 지나서야 아이 목소리가 들렸다. 숨어서 전화를 걸고 있었다. 한 마디 한 마디가 떨렸고, 곧 울음이 터져 나올 것 같았다.

"안녕하세요, 선생님. 마티스 기욤이에요. 테오가 상티아고-뒤-실리 공원에서 의식을 잃었다는 거 알려드리려고요. 테오 혼자 있어요. 땅바닥에. 공원 제일 안쪽이에요. 술을 너무 많이 마셨어요."

중요한 정보들을 반복해서 말하게 했다. 얼마나? 언제부터?

청바지를 입고 점퍼를 낚아채 집을 나왔다.

택시에서 구조대에 연락했다. 마티스가 말했던 것을 단어 하나하나 따라 말했다.

자동차가 공원 입구에 멈추었다. 담을 뛰어넘기 위해 그쪽으로 달려들었다. 어둠 속에서 앞으로 나가려는데, 택시 운전사가 나를 불러 세웠다.

"부인! 부인! 이거 가져가요!"

바람에 구급용 은박 담요가 펄럭였다. 은박 담요가 저 혼자서 빛을 만들어내는 듯 보였다.

　　　　　　작가가 2018년 1월 『충실한 마음』을 발표
했을 때, 프랑스 언론은 마침내 델핀 드 비강이 돌아왔다며 일
제히 환영의 메시지를 전했다. 2015년 르노도상을 받은 『실화
를 바탕으로 D'après une histoire vraie』(2015) 이후 3년 만의 복귀라
는 의미도 있겠지만, 무엇보다 전부터 적극적인 관심을 보였던
사회문제로 다시 시선을 돌렸다는 의미가 더 컸다.

　어머니의 자살을 목도하고 써 내려갔던 『내 어머니의 모든
것 Rien ne s'oppose à la nuit』(2011)과 작가로서의 성공 이후 글쓰기
의 어려움을 스릴러 기법으로 긴장감 있게 그린 『실화를 바탕
으로』가 작가 개인의 이야기에 보다 가까웠다면, 그 이전 델핀
드 비강이 다루었던 주제들은 모두 현대사회의 핵심적인 문제

들이었다. 그 시작은 루 델비그Lou Delvig라는 필명으로 발표한 데뷔작 『배고픔 없는 날들Jours sans faim』(2001)로, 이 작품에서 작가는 자신이 겪었던 거식증을 다루며 청소년기의 거식증이 아이들의 단순한 변덕으로 인한 것이 아닌 심각한 질병임을 경고했다. 또한 청소년 노숙자 문제를 또래 아이의 눈으로 생생하게 그려나간 『길 위의 소녀No et moi』(2007), 그리고 직장 내 상사의 괴롭힘 문제를 다룬 『지하의 시간들Les souterraines』(2009)까지, 델핀 드 비강은 현대사회를 관통하는 주제들을 날카롭게 그려왔다.

어머니의 죽음에 대한 애도라 할 수 있는 『내 어머니의 모든 것』도, 기실 개인적인 이야기로만 보기 힘들다. 델핀 드 비강은 어머니의 자살 이유를 파헤치며, 어머니의 조울증과 그 원인이 되었을지 모를 가정 내 성폭력이라는 심각한 문제를 스스럼없이 고발한다(소설 발표 당시 프랑스에는 60만 명의 조울증 환자가 있었다). 자신이 사는 현대사회를 끊임없이 관찰하며 사회 제반 현상을 보여주려 노력하는 델핀 드 비강의 작품들은 '소설은 사회를 비추는 거울'이라는 오래전 스탕달의 정의가 여전히 유효함을 증명해 보인다. 더불어 작가는 소설의 존재 이유가 독자를 위로하는 수단이라기보다는, 사회현상을 보다 적극적으로 보여주는 장이 되어야 한다고 강조한다. 고통스러울지라도, 상처 난 곳이 더 잘 보이게끔 펼쳐 보여주는 것이 델핀 드 비강의 글쓰기이다. 이러한 과정에서 작가는 현상을 정확하게 그려내려 할 뿐, 판단을 드러내지 않는다. 자신이 창조한 인물들의 심리에 치중하기보다, 그들의 약점이나 문제들을 보여주는데 주의를 기울인다. 해답을 주는 것이 아니라 독자들이 함께 그 사건에 대해 고민하며 각자의 삶과 주변을 되돌아볼 기회를 제공하는 셈이다. 어쩌면 이러한 점에서, 익숙한 결말을 드러내지 않는 델핀 드 비강의 소설이 독자들에게는 다소 낯설게 여겨질 수도 있다.

쉽게 드러낼 수 없었던 프랑스 사회문제들을 주요 소재로 다루는 작가의 작품 세계에서 주목해야 할 또 다른 특징은 폭력에 관한 관심이다. (『길 위의 소녀』는 사회 폭력, 『지하의 시간』은 직장 내 폭력, 그리고 대부분의 소설에서 가정 폭력을 다룬다.) 무엇보다 델핀 드 비강은 눈에 보이지 않는 폭력에 주목한다. 이러한 점에서 『충실한 마음』은, 사회를 이루는 가장 작은 단위인 가족 안에서 일어나는 문제와 그 안에서 눈에 띄지 않게, 때로는 의도하지 않게 가해지는 폭력을 날카롭고 세심한 언어로 표현했다는 점에서 진정 작가 델핀 드 비강의 귀환이라 할만하다. 점점 더 어려지고 있는 청소년 음주 문제의 심각성을 비롯해 가정 폭력, 아동 학대, 소위 '랜선 자아'라 불릴 정도로 확고해져 가는 이중적 자아의 부정적인 면을 고발한다는 점에서 더욱 그러하다.

델핀 드 비강은 '충실함'이라는 단어에 많은 관심을 두고 있었으며, 언젠가 소설을 통해 그 주제를 다루고 싶었다고 한다. 서문에서 밝힌 것처럼, 작가는 '나는 충실한 사람일까?', '내가 이렇게, 혹은 저렇게 한 말이 충실하다 할 수 있을까?' '내가 이렇게, 혹은 저렇게 한 행동이 충실하다 할 수 있을까?' 하는 질문을 종종 던져왔다. 『충실한 마음』은 바로 그러한 고민 끝에 탄생한 작품이다.

'충실한 마음'이란 어떤 것일까? 『충실한 마음』의 핵심은 이혼한 부모 사이에서 엄마와 아빠 모두에게 충실하고자 하는 테오의 갈등, 더 나아가 작가의 정의를 따르자면, '충실한 마음'이 얽어 놓은 '굴레'이다. 그리고 테오를 고통으로 이끄는 충실한 마음은 또 다른 질감의 충실한 마음들에 감싸여 있다. 작가의 인터뷰에 따르면, 테오처럼 어려서 부모가 이혼한 경우, 아이들은 부모 사이에서 어떤 식으로 충실할 수 있는가 하는 문제에 더 쉽게 내몰리며, 대부분 아이는 침묵으로 각각의 부모에 대한 충실함을 유지한다고 자신의 경험에 비추어 여러 차례 말한 바 있다. 이러한 상황에서 '충실함'은 우리가 거의 반사적으로 떠올리는 단어의 의미와는 사뭇 다르게 느껴진다.

『충실한 마음』 속 '충실함'은 매번 긍정적으로 나타나지 않는다. 오히려 상황을 최악으로 이끌며 충실함을 배반하기도 한다. 작가는 일견 부정적으로 작동하는 테오의 충실함을 전면에 내세움으로써 충실함이 만들어내는 모호한 상황들을 몇 차례 그리고 있다. 이런 이유로 충실함의 부정적인 면모가 부가되기도 하지만, 엘렌과 세실의 경우에는 긍정적인 부분이 있다. 특히 엘렌은 자신의 약속과 직관을 충실하게 밀어붙여, 그 자신이 불안정한 상황에 처할지언정 어린 시절 자신의 모습을 닮은 아이를 도울 수 있게 된다. 세실은 이중적인 남편에게서 벗어나는 노력으로 스스로에게 충실하고자 한다. 엘렌과 세실의 충실함이 긍정적인 기운을 풍기는 이유는 무엇보다 자기 자신에게 충실했기 때문이리라. 델핀 드 비강은 자기 자신에게 충실한 것이 가장 중요하냐는 질문에 이렇게 답한다. "그럴지도 모르지요. 그러나 자신에게 충실하다 보면, 실수할 수도 있어요. 충실함은 파괴적인 속성을 지니기도 해요. 그러니 자신의 충실함을 이해하고 분석할 수 있는 능력이 가장 중요하다고 생각해요."

『충실한 마음』을 번역하면서 가장 신경을 많이 썼던 부분은 수수께끼처럼 보였던 제목을 우리말로 표현하는 일이었다. 프랑스어 원제는 'Les loyautés'로 '충성', '충실'이라는 의미의 추상명사 'loyauté'의 복수형태이다. 그런데 사전적 의미를 소설 제목으로 그대로 쓰기가 어색했다. 무엇보다 '충성'이라는 단어는 국가에 대한 충성의 의미로 용례가 굳어져 있으니 제목으로 쉽게 결정할 수 없었다. 더군다나 작가가 제목으로 선정한 추상명사에 대한 정의로 소설을 시작하고 있으니, 이 단어에서 벗어난 제목도 선정할 수 없었다. 그러다 인간관계에 관한 소설 시리즈를 기획한 작가의 의도를 다시 생각해 보았다. 인간관계, 그러니까 사람과 사람 사이의 관계에 가장 중요한 것은 무엇일까? 소중한 것들을 주고받고 지키려는 마음, 문득 '마음'이라는 단어가 떠올랐다. '충실한 마음'은 그렇게 만들어졌다.

『충실한 마음』은 네 명의 주인공이 돌아가며 소설 전면에 등장하지만, 화자는 셋이다. 네 명의 주인공에 세 화자라는 조금 낯선 방식으로 이야기를 이끌어간다. 하나의 작품 속에 여러 등장인물이 각자의 시점으로 돌아가며 이야기하는 방식은 이제 그리 낯설지 않다. 소설을 비롯하여 영화와 드라마 같은 장르에서도 쉽게 만날 수 있다. 이러한 경우 대체로 하나의 사건에 대한 인물들 각자의 관점을 보여주려는 데 주력하지만, 『충실한 마음』은 그런 서사 방식과는 다르다. 네 명의 인물들이 하나의 사건을 이야기한다기보다 각자의 이야기가 서로 얽혀서 커다란 하나의 서사를 만든다. 게다가 성인인 엘렌과 세실은 1인칭 주인공 시점으로, 테오와 마티스의 이야기는 3인칭 전지적 작가 시점으로 기술된다. 원문을 처음 접했을 때부터 이 차이가 확연하게 드러났기에, 『충실한 마음』의 한국어 번역에도 그런 차이를 명확하게 드러내고 싶었다. 작가가 왜 1인칭과 3인칭 시점을 혼재해서 사용했을지, 그리고 아이들의 이야기는 왜 3인칭 전지적 작가 시점을 택했을지 독자들과 같이 고민해 보고 싶은 마음이었다.

날카롭고 세심한 델핀 드 비강의 문체를 충실하게 우리말로 옮기려 노력했고, 그 마음이 『충실한 마음』의 어딘가에 묻어나 이 책을 읽는 분들에게 전해지길 바란다.

옮긴이 **윤석헌**

한국외국어대학교 불어과를 졸업하고 동대학원에서 불문학 석사 학위를 받았으며,
파리8대학에서 조르주 페렉 연구로 박사과정을 수료했다. 옮긴 책으로는 호르헤
셈프룬의 『잘 가거라, 찬란한 빛이여…』, 크리스텔 다보스의 『거울로 드나드는 여자』,
아니 에르노의 『사건』, 델핀 드 비강의 『충실한 마음』과 『고마운 마음』, 조르주 페렉의
『나는 태어났다』 등이 있다.

충실한 마음

초판 1쇄 발행   2019년 10월 16일
개정판 1쇄 발행   2022년 5월 21일
개정판 2쇄 발행   2023년 10월 16일

지은이 델핀 드 비강
옮긴이 윤석헌
편집 홍상희
제작처 민언프린텍
펴낸곳 레모
출판등록 2017년 7월 19일 제 2017-000151 호
주소 서울시 서초구 서초대로 33길 99, 201호
전자우편 editions.lesmots@gmail.com
인스타그램 @ed_lesmots

ISBN 979-11-91861-07-5 03860

○ 이 책의 판권은 옮긴이와 '레모'에 있습니다.
○ 이 책 내용의 전부 또는 일부를 이용하려면 반드시 양측의 동의를 받아야 합니다.